AF536637

LILIENFELDIANA
BAND 12

FRANZ HESSEL

Heimliches Berlin

Roman

Mit einem Nachwort
von MANFRED FLÜGGE

LILIENFELD VERLAG

I

Bis zum Frühjahr 1924 lebte in Berlin ein junger Mensch, dessen Erscheinung die Männer und Frauen seines Bereiches erfreute, ohne daß sie seinem Wesen tiefer nachforschten. Erst als er fortging, erregte er bei einigen ein schwer zu erklärendes Abschiedsweh. Bei denen ändert sich jetzt Miene und Tonfall, wenn sie von ihm sprechen, sie denken oft an ihn und ordnen ihn in Zusammenhänge und Schicksale ein, die er kaum gestreift hat.

Unvergeßlich ist Wendelins Auftreten in der Galauniform seines Urgroßvaters, des Kammerherrn von Domrau, an dem Abend bei Margot kurz vor seiner Abreise. Margot hatte gebeten, man solle sich verkleiden. Das hatten aber nur einige von den Frauen ernst genommen, von den Männern außer Wendelin keiner. Zwischen den dunklen Tuchen und bunten Seiden wirkte sein soldatisch enganliegender Rock mit dem verschossenen Braunrot, wie man es nur noch in alten handkolorierten Kinderbüchern findet, farbiger als alles umher; in den engen weißen Hosen, die mit Stegen um die Schuhe griffen, schienen seine Beine nicht durchaus auf dem Boden, sondern beim Gehen und Tanzen in einer Luftschicht zu enden, beim Stillstehen wie auf einem Zinnsoldatenbrettchen zu ruhen. Der hohe Tressenkragen vermehrte die schüchterne Noblesse seiner Haltung und trennte schwertscharf den rotblonden hellhäutigen Kopf vom Rumpfe.

Er trank nur wenig, sah aber schon nach dem ersten Glase Menschen und Dinge in der flächigen Ferne, die ein glücklicher Rausch ihnen gibt, fühlte sich allen, die ihn ansahen, ansprachen, anfaßten, wunderbar und gleichmäßig hingegeben, sprach selbst leise und wenig und erwiderte die Berührungen der andern kaum. So verging ihm der Abend in schöner Undeutlichkeit, und was mit ihm geschehen, erlebte er eigentlich erst, als er am nächsten Morgen erwachte. Schwermütig, weil er bald fortsollte aus einer ihm liebgewordenen Welt, tauchte er noch einmal zurück in die sanfte Brandung des Schlafs und die Tiefe des Traums, erst noch nicht des Augentraums, sondern nur dessen, den Gehör und Geruch, Haut und Blut träumen, er fühlte Weichheit fremder Kissen, duftend aufsteigenden Staub und an der Innenhand nasse Kühle des Weinglases, er roch den Heugeruch in Margots Haar und Karolas Kieferrnduft. Dann fing sein Gesicht an zu träumen, und er sah über weggewandten Schultern und nah herschauenden befreundeten Köpfen die Unbekannte, die mit Sebald gekommen war, ihren hohen weißen Federhelm über dem länglichen Antlitz mit den Backenknochen eines heldischen Jünglings. Hatte sie ihn einmal ins Auge gefaßt? Zu ihm gesprochen? Er wußte es nicht. Wie war ihre Stimme?

Als er diese Gestalt träumte und genauer und näher träumen wollte, als er anfing Hüften aufzubauen, die er nur im Umriß, nicht in der Tiefe wußte, und nach der Form der Hände schon halb mit Bewußtsein suchte, wachte er ganz auf und fand sich in dem schmalen Holzbett des kleinsten Zimmers der kleinen Pension, die vier Stock hoch über Läden und Kontoren nahe der Friedrichstraße an den Linden lag und wohl noch liegt. Gedämpft und harmonisch klang der wirre Lärm der Stadt herauf; das vielerlei Leben da unten ward zum Herzschlag eines Wesens, das sanft empordrang in seine königliche junge Ruhe auf der armseligen dreigeteilten Matratze des Mietbettes. Er richtete sich auf und stützte den Kopf in die Hand. Auf dem Sessel lag der wunderliche Festrock von gestern und als weißer Fleck darauf der Brief der Mutter, der ihn fortrief von hier.

Die liebe Stadt verlassen! Nicht mehr auf langen Straßen im Laternenschein das Pflaster sehen vor den Schritten der Freunde, nicht mehr Donaths hellgemalte Zimmer voll Holzheiliger, Glastiere, Porzellanchinesen und Spiegel, nicht mehr Clemens' geneigtes Profil unter der Studierlampe in dem abgelegenen Hinterzimmer, Karola nicht mehr auf dem tiefen Diwan unter dem Bild des strengen Römerkaisers. Und Margot auf der Reitbahn, Margot in ihrem Pavillon! Er machte in Gedanken noch einmal den Weg von gestern abend, von der Potsdamer Brücke in die stille Nebenstraße, unter das lange Torgewölbe, das dunkle Stück Hof bis zu dem Hühnergarten und die Stiege hinauf ins Parterre des niedrigen Gartenhauses, das vielleicht Überbleibsel eines stattlichen Besitzes an der alten Potsdamer Landstraße war, kam auf den Vorplatz mit den zerbrochenen Steinvasen, an die

Holztür – klassisch gefeldert wie Tempeltüren, aber blaßgrün altbürgerlich gestrichen –, betrat die Glasveranda, Margots Eßzimmer, mit Aussicht auf die grünüberwucherte Nachbarwand, und blieb dann in dem großen, matt erleuchteten, etwas kahlen Zimmer mit der immer zum Tanzen leeren Mitte und den vielen Polsterbänken und Sitzen rings an den Wänden. Da ging Donath bequem und geschäftig in seinem Smoking, der ihn umgab wie ein weiches Hauskleid die reiche Frau. Karola kam wieder im weißen Turban und eng umwunden von weißen Tüchern und faßte ihn an. Sie schien ihn im Tanze zu überwachsen, obwohl sie kleiner war als er. Ihr großer Blick war ihm so nah wie noch nie in den zwei Jahren ihrer Freundschaft. Warum hatte sie ihn dann so plötzlich verlassen? Was redete Margot so eifrig auf ihn ein von einer reichen Fabrikantenfrau, der er den Hof machen müsse? Er hörte nicht genau zu. Er sah ihren Hals rötlich gesund aus dem weitoffenen Kragen des Männerhemds leuchten, die kurzen Bewegungen der graden Schultern, das köstliche, etwas zerrissene Innenleder der Hose, die schmalen Füße in den hohen Stiefeln. Sie sprach so energisch mit ihm, als wollte sie ihn ausschelten, und das war angenehm. –

„Auf die Reitbahn könnt ich wirklich noch einmal gehen", dachte Wendelin. „Vielleicht macht Margot einen Abschiedsritt mit mir durch den Tiergarten, wenn ich ihr sage, daß ich fortmuß." Das hatte er noch niemandem gesagt, gestern.

Mit diesem Gedanken fuhr er aus dem Bett und in ein Paar sehr bunter Hausschuhe, denen es anzusehen war, daß sie nicht fertig gekauft, sondern von liebender Hand gestickt waren. Maja hatte sie ihm geschenkt, Maja von der Tanzgruppe, und das war sehr anzuerkennen, denn sie machte sonst nie Handarbeiten. Maja war seine einzige „Eroberung“ in diesen zwei Studentenjahren. Die vielen andern wohlwollenden Frauen, denen er nahegekommen war, hatten es gerade an der kleinen Feindseligkeit und Kampfbereitschaft fehlen lassen, die wohl zum Erobern notwendig sein mag. Viele von ihnen glaubten auch, er sei mehr ihrer Freunde als ihr eigener Freund; und wie weit sie damit recht hatten, wußte Wendelin nicht. Nur eben dieses tüchtige Mädchen hatte feindlich mit ihm angefangen und dann leider auch feindlich und plötzlich aufgehört, und er mußte sich sagen, daß die Umstände ihr recht und ihm Schuld gaben, obgleich er eigentlich in diese Schuld ebenso unschuldig geraten war wie vorher in Majas Gunst.

Wendelin ging in die Alkovenecke zum Waschtisch. Unter kalten Güssen schloß er die Augen. Das war immer eine selige Minute, mochte er auch vor- und nachher noch so schwermütig sein. Das Frottiertuch tat wohl wie der Mull von Karolas Tüchern.

Es klingelte draußen, und nach einer Weile klopfte es an seine Tür. Rasch zog er den Schlafanzug über und öffnete. Vor ihm stand niemand. In den milchigen Glasscheiben der Korridortür war ein Schimmer, an dem er spürte, daß es Frühling wurde. Und als er dann zur Seite sah, regte sich im Spiegel schräg gegenüber ein pelzener Abhang von winterschläfriger Süße. – Karola wandte sich zu ihm um.

„Gut, daß du da bist", sagte sie. „Wer weiß, wohin ich gelaufen wäre, wenn ich dich nicht getroffen hätte."

„Es ist noch nicht Tag", dachte er, „der Traum geht weiter", und barg seinen Kopf an ihrer Pelzschulter. Er wäre so noch lange in der Tür stehengeblieben, aber Karola trat bei ihm ein.

„Was für ein jungenhaftes Zimmer du hast!"

„Du kennst es noch gar nicht? Ich war so oft bei dir, du nie bei mir."

Er tat die große, ärmlich geblümte Pensionsdecke über das Bett und holte das Kissen vom Sessel.

„Ja, gib mir ein bißchen zu liegen."

Sie streckte sich aus, Wendelin breitete ein Plaid über sie. „Das erinnert an Reisen", sagte sie und schloß die Augen.

Wendelin legte sich zu ihren Füßen quer über das Lager und sah in ihr Gesicht hinauf. Die Lippen waren aufeinandergepreßt wie von einem Entschluß, die Brauen zogen sich herrisch und schmerzlich zusammen, aber in die golddunkle Blässe der Schläfen spielte weich und zärtlich das helle Haar.

„Wie geht es dir seit gestern?" fragte er etwas verlegen, als sie die Augen aufschlug. Diese Frage kam ihm selbst töricht vor, aber sie wollte wohl so gefragt sein, denn sie antwortete ausführlich:

„Nicht gut, Wendelin, ich kann nicht mehr so weiterleben, es muß etwas geschehen, ich will fort. Kannst du mir nicht helfen, mit mir verreisen? Unter deinen Onkeln und Vettern sind doch viele Diplomaten. Können die dich nicht ins Ausland schicken? Ich bin dann deine alte Sekretärin. Wenn es drauf ankommt, bin ich sicher ganz praktisch, man läßt mich nur nie etwas Vernünftiges tun. Ich kann gut Englisch und Französisch, sogar etwas Italienisch, und Schreibmaschine, langsam allerdings. Du lachst, mir ist gar nicht zum Lachen. Nimm es lieber ernst, daß ich gerade zu dir komme. Das ist doch sonderbar, da du so jung bist und noch gar nichts bewiesen hast. Aber gestern beim Tanzen fühlte ich, daß du vielleicht der einzige unter uns bist, der noch nicht resigniert, noch nicht weise ist."

Er wollte nach ihren Händen fassen, aber sie legte sie unter den Kopf, die Arme auf den Pelz bettend.

„Jetzt siehst du mich an wie mein junger Bruder, der verstorbene. Der hätte es nicht zugelassen, daß ich so verkomme. Weggenommen hätte er mich von denen, die mich verkommen lassen. Das tun sie nämlich alle zu Hause, mein Mann, meine Schwester, mein Kind, Clemens mit seiner ewigen Güte, Oda mit ihrer täglichen Sorgfalt und selbst mein kleiner Erwin – sie erlauben nicht, daß ich etwas Nützliches tue, sie wollen, daß ich immer nur da sei und mich verwöhnen lasse. Als ich mich anzog gestern abend, um recht gut auszusehen bei Margot, denn bei ihr hat man den Ehrgeiz, möglichst schön und vollkommen zu sein, weil sie selbst so streng mit sich ist – ihre Kritik ist mir viel maßgebender als die Anerkennung der Männer, die doch fast alle ungenau sind –, als ich mich anziehen wollte und nicht das Rechte fand unter diesen allerlei Tüchern und Schals, die bei uns noch nicht ganz Armen und nicht mehr Kaufenden herumliegen und voll Erinnerungen sind wie alle Reste, ging ich hinüber in das Zimmer, wo das Kind schläft, und geriet über eine Schublade, in der sein Babyzeug zwischen Lavendelkissen aufbewahrt liegt - wozu aufbewahren? Man sollte alles Erledigte verschenken oder verkaufen. Da kramte ich herum; der Kleine wachte auf, hob sich in seinem Bettchen in die Höhe. ‚Schläfst du noch nicht?' fragte ich hinüber. ‚Darf ich dein Kleinkinderzeug anziehen?' Und als ich dann vor dem Spiegel anfing, mich weiß zu umwickeln und zu schleiern, fragte der Erwin ganz erstaunt: ‚Willst du denn ein kleines Kind werden, Mama?' ‚Ja', sagte ich, ‚ich will noch einmal von vorn anfangen und ganz anders werden.' Da sah ich im Glas, wie sein Gesichtchen, das erst gelacht hatte, sich zusammenzog, wie er stutzte vor dem Gedanken, daß ich noch andere Möglichkeiten habe als nur –"

„– seine Mutter zu sein."

„– eigentlich nur Mama. Die richtige Mutter im Hause ist Oda. Ich wollte mir eine Stirnbinde machen. Denn wenn ich nun auch schon kurzes Haar trage, so weiß ich doch nie, soll ich die Stirn nackt zeigen oder das Haar hineinkämmen. Färben müßt ich es auch, ich habe schon weiße Strähnen."

„Die sind besonders schön in deinem hellen Blond."

„Oh, sag das nicht, sonst muß ich besonders leiden."

„Erzähl von der Stirnbinde."

„Die wand ich mir aus Erwins Babymull und ließ sie in Zipfeln auf die Schultern hängen. Da kam der Clemens hinzu in seinem blauen Schlafrock mit der

Pfeife im Mund, die er immer leer raucht, du kennst seine schreckliche Gewohnheit; kennzeichnend ist sie für ihn, die leere Pfeife. Er braucht keinen Tabak, er raucht Illusion. Er ist ganz üppig vor lauter Entsagung. Ich sah mich nach ihm um und fragte: ‚Bin ich zu häßlich so?' „Du bist pharaonisch, herrlich wie eine Mumie', sagte Clemens. Ist das nicht ein Todesurteil?"

Wendelin streichelte andächtig die Decke über ihren Füßen.

„Und Oda kam und packte mich in den Mantel. Sie ist doch viel schöner als ich und geht nie auf ein Fest. Da führt sie den Haushalt, erzieht das Kind und macht noch obendrein ihre Tapetenmuster und Körbchen und Puppen. Und mich schicken sie weg, ein unnützes Ding, zum Tanzen."

„Euer Zusammensein ist mir immer vorbildlich erschienen."

„Ich bin so überflüssig."

„Du bist die Mitte, du bist der Sinn des Ganzen, bist wie ein Traum der drei andern."

„Ach, wenn ich tot wäre, könnten sie besser von mir träumen. Ein Luxus bin ich und möchte doch einem Menschen sein wie das tägliche Brot."

Wendelin fühlte sein Herz gegen die Hülle ihrer Füße schlagen. Er richtete sich ein wenig auf und sank dann mit dem Kopf in ihren Schoß. Während er so lag, fiel ihm ein Wort seines Freundes Clemens ein: „Je mehr wir rühmlich verarmen, um so mehr fühlen wir, daß der Luxus viel notwendiger ist als das tägliche Brot." Das hätte er eigentlich einwenden können, aber er lag so herrlich, fühlte ihre Hand auf seinem Haar und hörte ihre weiche Stimme, die auch in der Klage schmeichlerisch klang.

„Clemens pflegt mich wie eine Pflanze, bald ängstlich im Treibhaus, bald, geduldig auf die Jahreszeit vertrauend, im Garten. Ich müßte aber gehalten werden wie ein treues Tier, streng und liebevoll und immer in Bewegung. Ich muß fort, noch einmal fort in das, was wir die weite Welt nennen und die Freiheit und die Gefahr, ehe ich mich endgültig drein ergebe, denen zu Haus ihre Träume noch eine Weile vorzuspielen und alt zu werden, ach, hoffentlich nicht zu alt."

Wendelin hob den Kopf, ergriff ihre Hände, die sie ihm jetzt überließ.

„Liebe, liebe Karola, daß ich das alles von dir nie gewußt habe! Und jetzt kommst du zu mir, jetzt da ich fortsoll."

„Du? Wohin denn?"

„Zu dem Onkel aufs Land, bei dem meine Mutter lebt. Ich soll Landwirt werden, soll das Studium aufgeben."

Da glitt ein Brief durch die Türspalte. Wendelin sah sich um, wollte ihn dann aber nicht beachten. Allein Karola sagte: „Bitte lies ihn."

„Jetzt, wo du da bist; der hat doch Zeit."

„Sieh wenigstens, von wem er ist."

Er stand auf und nahm den Brief. „Von meiner Kusine Jutta."

„Lies ihn, sonst mußt du immerzu an ihn denken, und ich habe noch viel mit dir zu sprechen."

Er setzte sich vor dem Bett auf den Boden, den Schopf an Karolas Knie gelehnt und las:

Schilleninken, den 25. April

Lieber Wendel!

So lange habe ich nichts von Dir gehört. Als ich auf der Hochzeitsreise war, schriebst Du mir an jede Poststation; seit ich zurückgekehrt bin, vernachlässigst Du mich. Ich sitze hier in dem Belvedere, das mir die Schröders tatsächlich auf Lebenszeit überlassen haben. Sie sind wirklich rührend, die guten Leute, auch jetzt noch, nachdem das verarmte Fräulein von Domrau eine bürgerliche Bankiersgattin geworden ist. Heimlich hat Eißner sich wohl mit dem großzügigen Plan getragen, das ganze Gut zurückzukaufen, aber er ist fein genug zu ahnen, daß diese plötzliche Morgengabe etwa nicht nach meinen Geschmack sein könnte. Ein wenig müssen wir doch die Dehors dieser Neigungsehe wahren. Seine Ritterlichkeit ist übrigens unanfechtbar. Er läßt mir, da ich es so möchte, den ganzen Frühling meine liebgewohnte Zurückgezogenheit. Du bist nicht hier gewesen seit unserm denkwürdigen Gespräch über Ehe nach der Roten Jagd, weißt Du noch? Ach, Wendelin, hättest Du mir damals ernstlich abgeraten – aber Du hast es gewollt, und ich habe Deiner blutjungen und bluturalten Weisheit vertraut, und vielleicht war das gut so.

Höre, Wendel, wenn es Deine Studien erlauben oder noch Universitätsferien sind, so besuch mich doch. Mein Mann kann jetzt nicht abkommen, wie er sagt. Er wendet diesen Ausdruck aus der Schützen- und Militärsprache ahnungslos auf das Zivilleben an. Er freut sich sehr, wenn Du mir Gesellschaft leistest. Mangelt es dir an Reisegeld, bittet er Dich, zu ihm aufs Büro zu kommen. Du bekommst hier eine reizende Dachstube mit grün umwuchertem Fenster und einem kleinen Kamin für kalte Abende, die Du etwa nicht an meinem Öfchen verbringen willst, hast über Dir, wenn Du aus dem Fenster siehst, einen Sternenhimmel, wie es ihn über Deinem Palais unter den Linden nicht zu sehen gibt, und zu ebener Erde Deine getreue mit spätem Teegebäck und Teegespräch wartende Base

Jutta.

Komm doch!

Wendelin blickte von seiner Lektüre zu Karola auf.

„Du Löwe!" sagte er bewundernd. Sie hatte ihr Fuchsfell, das noch eben als Kissen zusammengerollt war, rings um den Kopf gewunden. Es umstand nun als gesträubter Turban dicht und wild ihr Gesicht; Schweif und Pfoten fielen verschlungen mähnenhaft auf ihre Schultern.

„Was ist das für eine Kusine Jutta, die dir schreibt, eine mit Landbesitz, die du heiraten sollst?"

„Du kennst sie, glaube ich, es ist die Frau des Bankiers und Kunstfreundes Eißner."

„Ich habe sie nie bei Eißner gesehen. Daß er verheiratet ist, vergißt man immer wieder. Ist sie schön? Liebst du sie?"

„Ach ich –"

Karola hob sich auf den Ellbogen. „Soll ich gehen? Hast du etwas vor?“

Er warf sich über sie: „Ich bitte dich, Karola, bleib! Du bist jetzt wichtiger als alles. Was soll ich tun? Wohin willst du mit mir?“

„Aber du mußt doch zu deiner Mutter, hast du gesagt.“

„Zu dir muß ich!“

Der leidenschaftliche Ton, in dem er diese Worte vorbrachte, war wohl nur eine Reagenz. Er wußte das nicht. Und weil er noch seitwärts im Bewußtsein das Bild der Kusine und andere Bilder fühlte, sah er wie zwischen Scheuklappen geradeaus auf Karola. Frauen wiegeln die Leidenschaften auf wie agents provocateurs das noch nicht deutlich genug revoltierende Volk.

„Wohin wollen wir, Karola?“

„Was schlägst du vor?“

„Ich habe in Fiesole eine Tante“, sagte Wendelin etwas spitzmäulig, „die besitzt einen Weingarten und Obstbäume. Sie hat mir angeboten, wenn ich es in Deutschland nicht mehr aushielte, solle ich kommen, ihr im Garten helfen und ihre beiden Knaben Deutsch und Latein lehren.“

„Siehst du, dann kann ich mit den Bübchen englisch und französisch sprechen. Ich kann auch deiner Tante in der Landwirtschaft helfen. Hat sie Vieh?“

„Wir wollen es hoffen.“

„Ich habe nämlich Landwirtschaft gelernt, damals, kurz bevor Clemens dich zu mir brachte. Auf einem großen Gut war ich Magd oder richtiger Knecht, ich ging hinterm Pflug in Mannshosen und habe vierspännig Holz gefahren. Habe ich dir nie davon erzählt? Es war die gegebene Zeit, um Land zu kaufen. Ich hatte herrliche Pläne für uns alle, war stark und gesund und führte ein strenges Leben von früh vor Sonnenaufgang. Ach, wir wollen nicht davon sprechen, es macht mich nur schwach und traurig, es wurde eben auch daraus nichts, weil sie mich immer wieder heimlockten, nicht mit Aufforderungen oder Bitten, nein, mit kleinen Worten in ihren Briefen, denen man nicht widerstehen konnte. Aber diesmal will ich fort aus dem betäubenden Tagschlaf. Und wenn du kannst, so hilf mir."

„Alles, Karola, was du magst. Aber erst wollen wir schön langsam reisen, nicht wahr?"

Sie ließ ihn vor sich auf dem Bett sitzen, schlang einen Arm um seine Schulter und sagte, Auge in Auge: „Ja, komm, wir müssen Pläne machen. Wollen wir südwärts, kennst du Italien?"

„Nein, aber ich weiß aus Bildern und Berichten schöne Namen, bei denen ich mir allerlei denke. Vom Inntal wandern wir erst abschweifend über die Berge. Da gibt es ein wildes Karwendelgebirge, in das wir uns verirren, und müssen dann in einer Sennhütte auf Stroh übernachten. Da versinkt man in einen dichten, grüngoldenen Schlaf und bekommt selige Kopfschmerzen!"

„Und damit willst du uns quälen?"

„Am nächsten Tag findest du in Innsbruck ein herrliches Bett, und morgens stehst du dann lichtweiß – du hast schon ein Sommerkleidchen angezogen, so warm ist der Frühlingstag – lichtweiß stehst du, Karola, vor den dunklen Königen aus Eisen oder Bronze, die es da in einer Kirche geben soll. Und dann fahren wir auf den Brenner und sehen aus unserm Kupeefenster, wie das Gestein immer granitener und die Blumen am Bahndamm immer zartfarbiger werden. Mit einmal geht es bergab, alle Wasser rinnen nach dem andern Tal. Der Süden bricht über uns herein: Ölbäume flimmern grün und silbern, Wein wächst an Hängen und füllt Lauben, die Wege sind eingehegt wie von Girlanden, und es wird uns zu schnell mit dem Vorüberfahren, wir steigen des Abends in einem kleinen Städtchen aus, das ist so alt und altertümlich, daß wir an der Stadtmauer einen leibhaftigen Nachtwächter treffen, der da in der Nische eingenickt ist. Sein Hund schlägt an, der Alte räkelt sich und führt uns durch Mondgassen unter Giebeldächern über Pfefferkuchenpflaster in das Gasthaus, das Zum Elefanten heißt oder Zum Lamm. Da bekommen wir spät im Saalwinkel Wein zu trinken und dann ein tiefes, weites Schlafzimmer; unter unsern Fenstern ist ein Brunnen, der rauscht die ganze Nacht –"

Er schmiegte seinen Kopf an Karolas Schulter.

„Ich höre deinen Brunnen", flüsterte sie über sein Haar hin. „Es ist angenehm, mit dir zu reisen. Und wie du Bescheid weißt. Mit wem warst du denn dort und wann?"

„Eben und mit dir!"

„Kommen wir nicht bald an einen See?" fragte Karola. „Ich möchte im Wasser liegen", und sie ließ sich auf das Bett zurücksinken und legte ihm ihre Füße auf den Schoß.

„An den blauesten See kommen wir, an dem die Terrassengärten liegen mit Zitronenbäumen zwischen weißen Pfeilern. Wir gehen in das Wasser, und wo dein Arm eintaucht, spaltet es silbern.“ Er faßte über das Hindernis ihrer Knie nach ihrem Arm, von dem der Ärmel abglitt, und seine Lippen tauchten in die Armbeuge. Er mußte die Augen schließen vor Glück. Als er sie dann langsam öffnete, glaubte er über dem goldbraunen Schatten von Karolas Haut zwischen den Dämmergardinen des Fensters den weißen Federhelm der Fremden aufragen zu sehen, die gestern mit Sebald gekommen war, und den Sonnenrand ihrer Heldenwange. Ihr Arm hing mit Göttermilde nieder zum Hals eines schlanken weißen Tieres, das seinen Rehkopf dem bunten Kleid anschmiegte und seine Nüstern den Hüften, die Wendelin nun mit einmal ringsum begriff. Unten aber, wo die Gardinen den Boden streiften, sah er das zarte Tier mit hohlen Hufen tasten. Er fühlte ein zitterndes Vergehen.

Karola befreite sich aus der unbequemen Haltung, zog ihn mit ruhiger Bewegung zu sich nieder, sah ihm nah in die Augen und fragte: „Wo sind jetzt deine Gedanken? Hast du Angst, daß die Mutter dich nicht reisen lassen wird? Möchtest du im Grunde lieber heim zu ihr?“

„O nein, Karola, laß mich nicht fort von dir.“ Das sagte er in fast ängstlichem Ton. „Ich dachte einen Augenblick an Pässe und Visa und Geld. Dazu brauchen wir immerhin zwei Tage, und eigentlich müßte ich dich gleich forttragen, wie du bist."

Sie gab ihm ihre Lippen. „Am liebsten möchte ich hier Tag und Nacht liegenbleiben in deinem Pensionsbett, bis du kommst und sagst: ‚Aufstehen! Wir müssen zur Bahn.'"

„Aber das kannst du ja."

„Würdest du denn für mich zu Oda gehen und bitten, sie soll mir ein Köfferchen packen und nicht vergessen, mein kleines Amulett aus Lapislazuli mit hineinzulegen? Und meinen Erwin mußt du küssen und sagen: Die Mama geht auf eine Weile in ein schönes Land, von dem sie dir dann erzählen wird. Und Clemens –"

„Weiß er denn –"

„Nein. Dem werde ich nicht fehlen. Ich glaube, er liebt mich am meisten, wenn ich nicht da bin. Er ist wie sein Kind: Wenn ich fort bin, schleppt der Erwin seine Bausteine und Holzklötzchen, Hefte und Farbstifte auf den Teppich vor meinen Diwan und baut und malt für mich, als ob ich da über ihm läge. So wird Clemens bisweilen in meinem Zimmer umhergehen und meine Sachen anschauen und anfassen und meinen, er liebe mich. Er braucht ja keines Menschen Gegenwart; ob er mit seinen Nachbarn oder mit seinen Geistern redet, ist für ihn dasselbe. Sag ihm nur ruhig, daß du mit mir reisen willst; fluchen wird er uns sicher nicht. Es ist denkbar, daß er uns segnet. Dann kann er wieder einmal allein thronen in seiner Unterwelt und warten, bis seine Persephone kommt; er glaubt zu wissen, daß sie zurück muß, wenn ihre

Zeit um ist, wie es die Sage will. Er wartet auf mich, wie mein Tod auf mich wartet. Ich liebe ihn sehr. Ach, wie schwer ist das Leben!"

Bei den letzten Worten hatte sie sich aufgerichtet. Wie eine Jägerkappe umgab das Fell ihren Kopf. Liegend sah Wendelin hinauf in das Profil, das jetzt eine marmorne Strenge hatte. In der geraden, unten wunderbar gerundeten Nase, in dem kraftvollen Kinn lag so viel Willen: Wie kam es, daß diese Starke hilflos war? Ach, daß sie sich niederneigte, mit holder Übermacht zu ihm glitte! Sie selbst an sich zu ziehen, das war ganz außerhalb seiner Möglichkeiten.

Mit einmal war sie aufgesprungen, hatte das Fell abgeschüttelt – es fiel auf seine Brust –, und nun stand sie vor dem Spiegel und kämmte ihr Haar.

„Wohin willst du, Karola? Bleib bei mir oder bleib allein hier, wie du versprachst, und laß mich zu Clemens gehen und ihm sagen –"

„Nein, Kind", sagte sie, ohne sich umzusehen. „Ich muß meine Dinge selbst tun. Morgen um diese Zeit komme ich zu dir."

Und dann wurde das Fell von ihm weggenommen, wobei es ihn sanfter streichelte, als ein lebendes Wesen könnte, und er wurde auf die Stirn geküßt. Karola war fort. Nichts war mehr von ihr da als das geknüllte Taschentuch, das meist da liegenbleibt, wo eine Frau aufsteht.

II

Clemens Kestner, außerordentlicher Professor der Philologie an der Universität Berlin, kam gegen Mittag aus dem Kolleg heim. Vor dem grauen Eckhaus am Kanalufer nahe dem Lützowplatz hockte das Portiertöchterchen und zeichnete mit Kreide drei Rechtecke auf das Pflaster. Kestner blieb stehen und sah dem Kinde zu, das in das erste Feld „Himmel", in das zweite „Hölle" malte. Bei dem dritten zögerte es.

„Was kommt denn da hinein", fragte Kestner, „‚Welt' vielleicht?"

„Nein, ‚Tempelhof' oder ‚Lichterfelde' –"

Über diese Antwort war der Professor so entzückt, daß er in seine Aktentasche griff und der Kleinen die Tüte Bonbons schenkte, die für sein eigenes Kind bestimmt war. Dann nahm er vor der Mutter, die aus ihrer Loge sah und deren blasses Gesicht ihm immer eine Art Ehrfurcht einflößte, seinen breitrandigen Hut ab. Dabei hoben sich einige seiner Haarsträhnen, die voll und weich, nicht eben grau, sondern eher wie erblaßt um eine beginnende Tonsur lagen. Treppaufsteigend lachte er noch einmal über die Antwort des Kindes. Davon bekam sein sonst trotz bartloser Glätte etwas sorgenvolles Gesicht eine kindliche Verklärtheit. Als er die Wohnungstür aufgeschlossen hatte, sprang ihm der kleine Erwin entgegen, blieb aber bei des Vaters Anblick mitten im Laufen stehen.

„Ach, du bist es, Papa, ich dachte, die Mama kommt.“

Dann gab er artig die Hand.

„Ist denn die Mama nicht zu Hause?“

Oda, die Schwägerin, kam hinzu: „Sie ist heute morgen plötzlich fortgegangen, ohne mir etwas zu sagen, und hat in ihrem Zimmer die Tücher ihres Kostüms von gestern wirr herumliegen lassen, was sonst nicht ihre Art ist. Ich bin in Sorge um Karola. Sie hatte gestern nacht noch so lange Licht, und ich habe sie auf und ab gehen hören.“

„Sie wird zu ihrer bewunderten Margot gegangen sein; die hat heut in aller Frühe, als ich fortging, mit ihr telephoniert. Aber du, Oda, bist blaß.“

„Ich habe mich so angestrengt. Der kleine Prinz, Mister Russells Besuch, ist plötzlich krank geworden.“

„Was fehlt ihm denn?“

„Er kann nicht essen, nur Kognak trinken, liegt apathisch oder tobt gegen seinen Vater und die Londoner Braut. Mister Russell wollte den Arzt holen lassen, aber der Kleine bat immer nur, ich solle zu ihm kommen, und als ich dann hineinging, sagte er kläglich: ‚Please hypnotize me, Miss Oda.‘ Er war sehr niedlich in Pyjama und Sträubelocken.“

„Konntest du ihm denn helfen?“

„Du weißt, daß ich nicht hypnotisieren kann, aber was ich mit gutem Willen zustande brachte, half schon, er schlief mir unter den Händen ein. Nur wenn ich aufhörte, wurde er gleich wach und bat, fortzufahren, das hat mich sehr müde gemacht.“

„Du bist wohl auch eher ein Medium. Durch dich gehen alle Strahlen beschwingt hindurch, du guter Wärmeleiter. Wenn du alt wirst, könntest du eine Pythia werden. Die waren nämlich durchaus nicht jung. Herrlich bist du dann mit Schläfen rötlich weiß wie Gipfelschnee im Abendlicht, die Nase schärfer und alles lichtgerandet –"

„Nun hören Sie aber auf", sagte es neben ihm. Da stand im runden Reithut, weiten Mantel und Sporenstiefeln Margot, die unbemerkt durch die noch immer offene Wohnungstür eingetreten war. Sie schüttelte Oda die Hand und sah Clemens streng an.

„Beschwören Sie gefälligst nicht die Freuden des Alterns herauf. Das ist eine gefährliche Suggestion. Nur Jugend ist schön. Das Verblühen ist durchaus nicht unvermeidlich, sondern eine Schlamperei, gegen die man sich hart machen kann. Sie mögen für sich selbst nichts dagegen haben, aber verführen Sie uns andere nicht zu lebensfeindlichen Theorien."

Sie sprach hart und trocken, Clemens erwiderte langsam: „Auf einem geliebten Gesicht verehren wir zärtlich jede Runzel als Bewahrerin des Wesens. Denken Sie nur einmal eine Reihe Bilder des alternden Goethe durch, wie er immer schöner wird von Jahr zu Jahr."

„Wir reden nicht von bedeutenden Männern, sondern von hübschen Frauen."

„Warum immer unterscheiden? Aber wie Sie wollen. Sehen Sie Oda an, wenn bei ihr einmal das, was nur Jugend und Lieblichkeit ist, wegfällt, wenn ihr reines Knochengerüst deutlich zutage tritt –"

„Hört auf, ihr sprecht von mir, als ob ich schon tot wäre. Und nun kommt endlich aus dem Flur fort."

„Wo ist denn Karola?" fragte Margot, das Zimmer der abwesenden Freundin betretend.

Während Oda mit dem Kind auf einem tiefen Diwan Platz nahm und Clemens in die Ofenecke ging, setzte sich Margot rittlings auf den Stuhl vor dem Schreibtisch.

„Sie wollte heute früh zu mir in den Tattersall kommen!"

„Sie ist fortgegangen, und wir wissen nicht, wohin. Wir hofften, sie wäre bei dir."

„Getanzt hat sie gestern nur mit Wendelin, und das war untüchtig. Ich hatte gerade für sie Leute eingeladen, die ihr und euch nützlich sein könnten. Und auch mit Wendelin hatte ich bestimmte Absichten. Er sollte der Frau des reichen John Perls den Hof machen, der die adligen jungen Leute protegiert, wenn sie sich um seine Frau bemühen."

„Ach, verschont doch den Wendelin mit euren Nützlichkeiten", sagte Clemens in beinah zornigem Ton.

„Warum? Ich fühle die Pflicht, uns alle reich zu machen. Unser einziges Laster ist unsere Armut. Und der gute Wendelin versteht es nicht, aus seiner angeborenen Wohlbeschaffenheit Nutzen zu ziehen."

„Diese Unfähigkeit", erwiderte Clemens, „ist vielleicht die höchste Tugend seines Standes. Das Unangepaßte, das Unzeitgemäße ist eine Größe des Adels.

Wenn er plebejische Vorzüge annimmt, gegen die ich nichts sagen will, schon aus Selbsterhaltungstrieb, nimmt er Schaden an seinem Wesen."

„Ich habe keine Zeit, das zu verstehen. Meine Erfahrung ist: Mangel im Alltäglichen, schäbige Kleider, unwürdige Trambahnfahrten, minderwertige Menüs, überhaupt die billigen Qualitäten schädigen meine unsterbliche Seele. Ich will möglichst mühelos von dem heiß servierten Reichtum von heute meinen Tribut haben. Und das will ich auch für Wendelin. In welcher Weise es geschieht, ist ganz gleichgültig, wie es heute gleichgültig ist, womit man handelt. Ein Junge wie Wendelin muß sein Reitpferd haben, ein hübsches pied-à-terre, den besten Schneider. Und das alles so bequem wie möglich."

„Sie sind heldenhaft, Margot, das weiß ich wohl. Aber Heldentum ist ebenso unnachahmlich, wie es vorbildlich ist. Sie sind ein gefährliches Ideal für das Kind."

„Und Sie, mein Freund, sollten lieber eifersüchtig sein, wenn er mit Karola tanzt."

„Es ist nicht hübsch von Ihnen, einen Ihrer aufrichtigsten Verehrer zu verspotten. Man ist vielleicht bisweilen eifersüchtig, aber man soll es doch nicht sein. Es ist kein Grundsatz. Eifersucht ist der Schatten der Liebe, der im Mittag auf ein Minimum zusammenschrumpft."

„Ach, Clemens, Sie haben die vielen Bilder und Gleichnisse der Willenlosen. Wenn Sie in Ihrem Winkel zufrieden sind, gut, aber den Wendelin dürfen Sie nicht zu dieser ewigen Resignation verlocken und

Karola auch nicht. Sie spielen eben nicht mit. Wendelin soll mitspielen, und wir, seine Freunde, wollen ihn leben lehren. Was können Sie ihm denn Brauchbares beibringen?"

„Überleben."

„Man sollte die kultivierten Sprachen abschaffen, damit die Menschen sich endlich verständigen können?"

Clemens kam zu ihr und küßte entzückt die kleine, fest um die Reitgerte geballte Faust. Dann fragte er leise: „Glauben Sie, daß Karola jetzt bei Wendelin ist?"

„Diese Möglichkeit scheint Ihnen doch nahezugehen."

„Ich werde ihn - besuchen."

„Wenn aber die beiden Sie nicht empfangen?"

„Ach, mich empfangen sie schon."

Das sagte er mit schwermütiger Sicherheit und ging. Oda begleitete ihn an die Tür. Zärtlich besorgt sah sie ihn von der Seite an. „Willst du nicht vorher etwas essen, Clemens?"

„Nein, ich esse irgendwo studentisch mit dem Wendelin."

Als sie die Wohnungstür schloß und sich umwandte, ging die Tür des Vorderzimmers auf. Es erschien Mister Russells munteres, englisch hellrotes Gesicht:

„Oh, Miß Oda, Sie müssen zu meinem kleinen Prinzen kommen, er stirbt schon wieder einmal."

Oda sah unsicher aus: „Unsere Freundin Margot ist in Karolas Zimmer –"

„Darf ich Sie so lange bei ihr vertreten? Wird sie mich so empfangen?"

Er öffnete die Tür ganz und stand in einem damastenen Schlafrock, unter dem eine himbeerfarbene Flanellhose sichtbar war, in der Hand hielt er ein Glas, in dem ein rötlicher Drink schwamm. Er führte Oda an die Tür des Eckzimmers, in dem der kranke Prinz lag; dann nahm er ein zweites Glas und die Flasche und begab sich, seiderauschend wie eine Dame aus alten Zeiten, in Karolas Zimmer hinüber. Margot saß immer noch auf dem Stuhl vor dem Schreibtisch und sah dem Kinde zu, das zu ihren Füßen Holzklötzchen zu lauter Fassaden ohne Haus zusammensetzte.

Flasche und Gläser stellte Russell auf das Bücherbord vor eine Miniaturvitrine, in der ein paar winzige ledergebundene Bände lagerten. Dann machte er eine seinem Kostüm entsprechende Verbeugung mit auf der Brust gekreuzten Armen.

Man kannte sich flüchtig, war erfreut, genauere Bekanntschaft zu machen. Das naheliegende Gespräch über Reiten und Sport förderte eine Reihe gemeinsamer Bekannter aus interessanten Berliner Kreisen zutage. Hohen und höchsten Adel nannte Mister Russell bei Vor- und Stammnamen ohne „Graf" und „Prinzessin", „von" und „zu", Mitglieder ehedem regierender Häuser sogar nur beim Vornamen; Bürgern und Bürgerinnen hingegen gab er alle Titel, die sie irgend beanspruchen konnten.

Er bot von seinem Getränk an: Gin, den er mit Orangensaft vermischt hatte nach einem Mixerrezept, welches er Margot auseinanderzusetzen begann. Aber sie dankte. „Ich trinke nur Wasser, allenfalls, wenn es sein muß, Champagner."

Auch die Zigaretten wurden zurückgewiesen.

„So will ich Ihnen denn räuchern und Wein spenden und Ihren göttlichen Unmut über meine irdischen Begierden besänftigen", sagte er in Quäker-Englisch, steckte eine Zigarette an und trank Margot zu.

„Meine Enthaltsamkeit hat keine frommen, sondern rein vernünftige Gründe. Rauchen ist schlecht für meinen Teint, und wenn ich jetzt trinke, springe ich heute nachmittag nicht gut."

„Wie energisch und tüchtig Sie alle sind! Auch die sanfte kleine Miß Oda. Mein Prinz da drüben ist ganz in ihrem Bann. Wenn sie kommt, läßt er das Fluchen, Toben und den Hennessy und erzählt ihr von dem schönen Schloß in der Touraine, in dem er geboren, dem Gut an der Donau, auf dem er aufgewachsen ist, und dem düstern alten Familienhaus im ersten Wiener Bezirk. Ich glaube, am liebsten möchte er sie auf einen seiner Sitze als Herrin heimführen. Und mein alter Freund Royan, sein Vater, würde am Ende darüber seine Pläne mit der Londoner Ducheß aufgeben und in die beglückende Mesalliance einwilligen. Was würden Sie dazu sagen, wenn der Kleine seine schöne Hüterin und Dompteuse einfach heiratete?"

„Eine so verständige Aktion ist von einer der Schwestern Werkenthin nicht zu erwarten. Oda liebt überdies außer ihrer angebeteten Schwester und dem

Kind nur ein Wesen auf der Welt, nur einen Mann, und den noch dazu unglücklich!"

„Wen denn? Kenn ich ihn? Verkehrt er hier im Haus?"

„Es ist niemand anders als der Herr des Hauses, wenn Sie diese Bezeichnung für Clemens Kestner zutreffend finden."

„Daß er das ist, habe ich auch erst gemerkt, nachdem es mir gesagt wurde. Als mich mein Freund Donath hierherbrachte, lernte ich nur Mrs. Karola und Miß Oda kennen und dachte, der Herr, der da am andern Ende der Wohnung haust, sei ein Mieter wie ich."

„Ich werde wütend, wenn ich das Wort Mieter höre. Es ist doch eine Schande, daß zwei Geschöpfe wie Oda und Karola die schönsten Zimmer ihrer Wohnung an fremde Herren – pardon, mit Ihnen haben sie es ja recht gut getroffen."

„Und denken Sie, welch ein Glück für mich, daß es solche Landladies gibt. Meinen Landlord, den Herrn Professor, habe ich übrigens auch sehr gern, wir führen manchmal tiefsinnige Gespräche miteinander, wenn wir uns in der Küche begegnen, wo er sich in später Nacht einen Tee bereitet und ich mir Selters und Eis für einen letzten einsamen Trunk hole, nachdem mich all meine Gäste verlassen haben. Dann sitzen wir auf zwei Küchenstühlen und machen eine charmante paneuropäische Konversation. Ich rate ihm, nach Amerika zu gehen und Vorträge zu halten, da könnte er doch viele Dollars gewinnen. – Er käme ganz gern einmal dahin, sagt er, in Boston gebe es ein paar wichtige Antiken. – Begreiflich, daß Miß Oda ihn liebt, aber wie fängt sie es an, ihn unglücklich zu lieben? Wie liebt er sie denn?“

„Er ist vermutlich der einzige hier, der nichts von ihrer Liebe weiß. Er liebt nur Karola, seine Frau, blind wie ein Gatte, verehrerisch wie ein Schüler – ach, in diesem Hause verstehen sich alle gut aufs Lieben, aber die Kunst, sich lieben zu lassen, wollen sie nicht lernen.“

„Clemens Kestner hatte ich für eine Art von Platoniker gehalten. Da ist dieser junge Domrau – als Mrs. Karola ihn einmal zu mir brachte, waren alle meine Freunde enchantiert von ihm. Eine Grazie hat dieser Knabe! Wenn er ein Glas in die Hand nahm, hatte man das Gefühl, diese Geste geschehe zum erstenmal in der Welt. Wenn er sich über meinen Stuhl lehnte, die leise Biegung seiner Hüfte, die Verkürzung in dem geneigten Gesicht – Sie müssen wissen, ich bin nebenher Maler, natürlich nur ein Dilettant, obgleich ‚Wales‘ freundlich genug war, einige meiner Blätter gerne zu sehen und zu behalten.“

„Clemens und Wendelin! Da muß ich lachen.“ Sie tat es etwas gezwungen.

Das Kind, das für die englisch geführte Unterhaltung kein Interesse gezeigt hatte, blickte bei dem Klang der vertrauten Namen auf.

„Spiel weiter, Hase“, sagte Margot und wandte sich wieder zu Russell.

„Sie müßten ihn von dem jungen Domrau sprechen hören“, sagte dieser. „Vielleicht gehört dazu Nacht und philosophische Konversation auf Holzschemeln. Oh, ich mußte, wenn ich ihn ansah, an Sokrates denken."

„Das taugt aber nicht für Wendelin", sagte sie fast ärgerlich, „der soll nicht in tabakdunstige Denkerwinkel, er soll in das Leben."

„Am Ende sind Sie selbst interessiert, Mademoiselle, und ich habe eine ‚gaffe' gemacht."

„Ich liebe meine Pferde, und im übrigen bin ich bereit, mich von jedem einigermaßen präsentablen und erträglichen Menschen lieben zu lassen, der mich mit dem nötigen Luxus versorgt. Zu diesem Entschluß sollten sich auch meine guten Freundinnen durchringen. Mein Gott, wir können doch nicht so in den Tag hineinleben. Die Arbeit, die man in unsern Kreisen leistet, Übersetzungen, Kunstgewerbe und dergleichen, schändet bekanntlich, soweit sie überhaupt bezahlt wird."

In diesem Augenblick trat Oda ein.

„Finden Sie auch, daß Arbeit garstig ist?" fragte Mister Russell.

„Kochen ist schön", sagte Oda, „und für Erwin Spielsachen, für Karola Kleider machen, Tapeten und Vorhänge für ihre Zimmer ausdenken. Aber Puppen zu Händlern tragen oder still Ausgedachtes von Käuferinnen hin und her drehen sehen und Preise ansetzen müssen, das ist nicht schön, und Geld bekommen ist demütigend."

„Wenig Geld bekommen ist demütigend", sagte Margot.

Alle lachten.

„Ihr wunderlichen deutschen Frauen", sagte Russell, „lauter Ausnahmen!"

„Uns wäre besser, wir wären ‚raisonnable' wie die Pariserinnen."

„Ach, bitte bleiben, wie ihr seid."

„Willst du mit mir und dem Kind essen, Margot?" fragte Oda. „Der Hausherr und die Hausfrau sind fort, es gibt nur Suppe, Gemüse und süßen Kinderbrei. Dazu getraue ich mich nicht, Sie einzuladen, Mister Russell, zumal ich gar nichts zu trinken habe."

„Getrauen Sie sich nur. Ich habe in meinem Junggesellenschrank Fischkonserven und Leberpastete, mixed pickles und dergleichen Zeug, dazu weißen Bordeaux, der sicher vortrefflich mit Kinderbrei geht."

Bald waren alle vier um den runden Tisch des Eßzimmers versammelt unter dem bronzenen Blumenkörbchen des Kronleuchters, aus dem grüne Glasblätter und pastellfarbene Windenblüten hingen und wuchsen. Karola hatte dieses seltene Stück, das Russell immer wieder kennerisch bewunderte, vor Jahren in der Frankfurter Allee zwischen altem Küchenkram in einem muffigen Kellerladen entdeckt.

Da saßen sie, Margot im Reitkleid, Mister Russell in seinem damastenen Morgenkostüm, Oda in einem gelben Wollkleidchen mit großen weißen Knopfkugeln und der kleine Erwin im Matrosenblüschen.

„Kommen Papa und Mama heut nicht zu Tisch?"

„Nein, sie müssen in der Stadt essen."

„Die Armen."

Mister Russell wollte gerade Wein einschenken, da erhob sich Erwin noch einmal, trat hinter seinen

Stuhl und faltete die Hände. Verwundert und gerührt ahmten ihn die Erwachsenen nach.

Und dann sprach das Kind sein Tischgebet.

III

Karola steht auf der Schwelle in ihrem Knabenhut, in dem Pelz, der um die Schultern hängt, nicht wie eine weiche Frauenhülle, sondern wie eine Beute, ein Wildbret. Sie starrt in das frische Grün der Linden auf der mittleren Allee. Auf einer Bank sieht sie, immer wieder durch Gefährte und Vorübergehende verdeckt, ein Paar Hand in Hand sitzen. Sie schauen beide geradeaus, wie die Hunde, die so tun, als ob sie nichts miteinander haben, während sie sich nahekommen. Aber in den beiden Händen, seiner rechten, ihrer linken, welch innige Vereinigung! „Bin ich so schwer zu lieben? Warum läßt er mich fort?" Sie lächelt leichtsinnig und verzweifelt.

Wohin jetzt? Nach Hause mag sie nicht, kann sie nicht. Sie hat Hunger. Sie könnte dort in die Konditorei gehen. Da sitzen einzeln und zu zweit Damen verschiedener Art, auch abenteuerlicher. Lieber wäre sie ja in eine Hafenschenke gegangen, eine der wüsten Kaschemmen in Marseille, von denen Margot erzählt. Sie macht ein paar Schritte und bleibt zaudernd stehen.

Da hält dicht vor ihr am Pflasterrand ein Auto, das eben noch in voller Fahrt war. Ein weitgeschwungener Hut entblößt einen schwarzen, ölschimmernden Scheitel, und die mächtige Gestalt von E. I. Eißner hebt sich elastisch aus dem Wageninnern und kommt auf sie zu. Jeder Bewegung dieses Mannes merkt man das Training an, mit dem er seine natürliche Anlage zur Fettleibigkeit bekämpft. Er machte ihr immer den Eindruck eines der frühen Bibeltyrannen, für deren umfangreiche Gelüste man als zarte Brautbeute wie die Esther in vielen Wassern gebadet und mit Spezereien gesalbt wurde, wobei denn all diese Vorbereitungen schon die halbe und mehr als die halbe Lust waren.

Dieser Gewaltige – den König der Amalekiter nannten ihn die Kabarettkünstler, unter denen er gern saß – küßte ihr mit so umständlicher Würde die Hand, daß Passanten, Häuser und Bäume umher zu Figuranten und Staffage eines feierlichen Aktes wurden.

„Das nenn ich Glück, Sie endlich einmal allein zu treffen, Frau Karola! Wo ich Sie sehe, werden Sie mir weggenommen. Man hat mir erzählt, wie schön Sie gestern abend waren, marmorn, archaisch, ägyptisch. Und ich konnte nicht mit dabeisein, Sie zu bewundern, ich mußte ausländische Geschäftsfreunde durch unsere beklagenswert distinguierten Nachtlokale führen. Was tun Sie jetzt? Wohin darf ich Sie fahren? Dort in die Konditorei wollten Sie? Das ist doch kein Rahmen für Karola Kestner! Hier konnte man sich zur Zeit unserer Väter allenfalls aufhalten. Ganz echt war es nur vor hundert Jahren, als die Gardeoffiziere ihre Sohlen gegen die Balustrade stemmten und die Damen ihre Schokolade auf breitem Fensterbrett serviert bekamen. Kommen Sie in meinem Wagen hundert Meter weiter in die Bar.“ Und in seiner diktatorischen Art wartete er gar nicht ihre Antwort ab, sondern öffnete den Schlag und half ihr beim Einsteigen.

„Dieser plötzliche Frühling macht solche Reiselust“, sagte Karola, „ich wollte gern fort, aber es will nichts werden.“

„Warum nicht, wenn Sie es ernstlich wollen?“

„Genügt das? Wenn Sie zum Beispiel dasselbe wollten, würden Ihre Geschäfte Sie nicht hindern?“

„Das gibt es nicht, nur Angestellte haben keine Zeit.“

„Ich bin leider die Frau eines Angestellten.“

„Mein verehrter Freund Kestner läßt aber seine Gattin, wenn er ihr damit einen Gefallen tut, gern allein reisen.“

„Woher wissen Sie das?“ fragte sie etwas gereizt.

„Ich schließe es aus seiner bekannten Großmut.“

Das Auto hielt vor dem Hotel Adlon, und als der Portier sie grüßte, als sie sich in den Gläsern der Schiebetür zwischen fremden bewegten Silhouetten fremdartig gespiegelt sah, als sie, von Eißner schräg dirigiert, die Halle durchschritt und die Blicke müßiger Gäste mit sanfter Neugier auf sich gerichtet fühlte, kam Karola sich schon wie auf Reisen vor.

In der Bar war nächtlich strahlendes Licht über dem weißröckigen Mixer, dessen glatter Schädel bald an einen Seehund, bald an eine polierte Kegelkugel erinnerte. In dämmerigen Ecken saßen an schimmernden Holztischen flüsternde Gruppen. Die Nachthelle mitten am Tage erweckte in Karola die fast feierliche Spannung, welche sie bisweilen durch die Beleuchtung des Opernsaales bei Symphoniematineen erfuhr. Sie wollte auf einem der hohen Stühle an der Theke sitzen. Eißner verordnete ihr einen Whisky. Beim ersten Schluck verging ihr Hunger und verwandelte sich in Abenteuerlust.

„Es ist alles so langwierig", sagte sie. „Wenn ich nun wirklich reisen wollte, nach Italien zum Beispiel, so müßte ich mich wieder erst tagelang mit Paßgeschichten und Vorbereitungen befassen."

„Lächerlich", sagte Eißner, „das können wir mit Telephon und Auto in ein paar Stunden erledigen."

„Wir?" fragte sie belustigt.

„Ja, ich reise in Gedanken bereits mit Ihnen."

„Sie sind etwas schnell, Herr Eißner."

„Das ist vielleicht meine einzige oder, wenn ich mehrere haben sollte, meine höchste Tugend."

„Merkwürdig", dachte Karola, „ich kenne doch viele Menschen, die sich sozusagen berufsmäßig mit dem Phantastischen beschäftigen, die sind alle so ordentlich und würden ziemliche Umstände machen, wenn sie plötzlich ins Ausland reisen sollten; selbst Wendelin überlegte – und hier dieser Geschäftsmann, dieser Verständige. – Margot würde, glaube ich, sehr zufrieden mit mir sein, wenn sie von E. I. Eißner und mir einen Gruß aus Venedig bekäme."

Eißner, der sich inzwischen vom nächsten Boy einen Fahrplan hatte holen lassen, fragte, sanft aufblikkend:

„Können Sie morgen früh um acht Uhr dreißig reisefertig am Anhalter Bahnhof sein? In München haben wir direkten Schlafwagen bis Rom."

Karola trank.

„Aber ich habe nichts anzuziehen, ich müßte doch –“

„Das können wir jetzt schnell besorgen.“

Und ehe sie Einwände und Erwiderungen fand, war sie wieder durch Halle und Drehtür geschoben und saß neben dem Amalekiterkönig im sausenden Wagen. Er legte seine Decke über ihre Knie, da sie zu frieren schien in der matten Vorfrühlingssonne. Sie hielt sich steif und sah auf den Rücken des Chauffeurs. Sie fühlte sich außerstande, den freundlich bemühten Nachbarn anzusehen. „Ledern bin ich“, dachte sie, „wie unser guter Vater von uns jungen Mädchen zu sagen pflegte, wenn wir seine Besuche nicht unterhielten.“

Als sie dann in das große Modehaus kamen, mußte sie Eißner aufs neue bewundern. Wie er sich rasch umblickend orientierte, wie er Bescheid wußte, wie alles ihm zu Diensten war. Sie stellte sich die gleiche Situation mit ihrem Clemens vor, sah seine schüchtern verdrossene Miene vor Verkäuferinnen und Direktricen und mußte lächeln.

Während nun Eißner Reisemäntel und Nachmittagskleider vorführen ließ, fiel Karolas Blick auf ein Regal, in dem Kindermäntel aufgereiht waren. Gerade an der Ecke hing einer aus weißem Leder. Auf den ging sie wie gebannt zu.

Sie nimmt die glatte Kinderhülle vom Bügel, streichelt an der dreieckigen Kapuze im Nacken, tastet den kleinen Rücken entlang, findet innen ein schottisch kariertes Muster, das an Kleidchen der eigenen

Kindheit erinnert; und als sie dann den Ärmel anfaßt, glaubt sie ihres Erwins Fäustchen aus dem etwas zu langen Behälter hervordringen zu fühlen.

Eißner und die Verkäuferin sind ihr, erstaunt über die Abschweifung, nachgekommen.

„Würde dieser Mantel einem Knaben von sechs Jahren passen oder sich leicht ändern lassen?"

„Gewiß, gnädige Frau, es ist Größe 6."

Sie fragt nach dem Preis, sieht in ihre Handtasche.

„Lieber Eißner, wenn Sie mir zehn Mark leihen, könnte ich gleich –"

Ob sie denn nicht die Kostüme und Mäntel für sich selbst ansehen wolle?

In ihre Mundwinkel trat ein Qualllächeln, gegen das er machtlos war. Er drang nicht weiter in sie, ging an die Kasse und bezahlte das weiße Mäntelchen.

IV

Wendelin war noch eine Weile liegengeblieben und, ermüdet von allem, was er nicht getan hatte, mit Karolas Tüchlein in der Hand eingeschlafen. Als er aufwachte, wußte er, daß er schnell vielerlei geträumt hatte, zuletzt hatte er sich selbst gesehen von hinten, wie er in der Festuniform des Ahnherrn eine staubige Landstraße im Süden entlangging und neben ihm, gebeugt und müde, Karola in ihren Mumienwindeln. Am Rande der Straße standen kleine Ölbäume.

Sollte er in eine Verbannung gehen, Vagabund werden? Die Mutter wird er nicht wiedersehen, der Onkel wird ihn enterben. Und Clemens? Was wird Clemens von ihm denken?

Aber dann sprang er auf. „Das sind feige Gedanken! Leben heißt wählen." Und ihm geziemte es, sich ritterlich zu dem Gefährlicheren zu bekennen. Den tapfern Weg wollte er gehen an Karolas Hand.

Er sah nach der Uhr: halb zwei. Jetzt schnell auf die Straße und an Eißner telephonieren, der ihn mit Geld versorgen wird, wie Jutta geschrieben hatte. Jutta – mit ihr hätte er gern gesprochen, sie kannte alle seine ersten und einfachen Gedanken. Nein, das war wieder nur süße, träge Verlockung.

Rasch zog er sich an, trank einen Schluck kalten Kaffee aus brüchiger Pensionstasse und griff nach dem Hut.

Als er an die Ecke der Friedrichstraße kam, sah er vom Deck des anhaltenden Autobusses einen nachdenklichen Traumwandler die Wendeltreppe heruntersteigen, in dem er Clemens erkannte. „O Gott, er will zu mir! Er sucht Karola. Wie soll ich ihm Rede stehen?"

Es wäre leicht gewesen, diesem Unachtsamen aus dem Wege zu gehen. Aber das brachte Wendelin nicht übers Herz, er schritt gerade auf ihn zu und reichte ihm die Hand. Clemens faßte ihn unterm Arm, als ob sie verabredet wären. Langsam, wie auf einer Dorfstraße, ging er mit ihm auf und ab und fing ein Gespräch an:

„Diese tobenden Autobusse hochmodernster Technik muten mich seltsam altertümlich an. Sie rasseln wie die Sichelwagen des Feldhauptmanns Sisera von Moab – du weißt doch, der aus der Bibel, dem die Rahab einen Nagel durch den Schlaf hämmert. Und als vorhin der Aboag E den Aboag 12 einholte und eine Weile neben ihm fuhr, das war wie in der schönen assyrischen Inschrift des treuen Dieners, dessen Rad und Staub am Wagen nicht von seines Königs Rad und Wagenstaub weicht. Eine ähnliche Schönheit hatten im Kriege die Tanks, die riesenhaft krochen wie Saurier der Urzeit. Unser Dasein bekommt etwas Vulkanisches durch all das beständig explodierende Benzin, das uns vorwärtsrollt." So ging es noch eine Zeitlang weiter. Er kam auf die neuen Negertänze zu sprechen, die ihn über dionysische Szenen auf antiken Vasen belehrt hätten. Schließlich schien er sich auf den gegenwärtigen Augenblick zu besinnen und fragte Wendelin, ob er gerade etwas vorhabe und wohin er gehe.

„Ich muß allerhand besorgen, ich will verreisen."

„So? Wohin denn?"

„Nach Italien."

„Jetzt im Frühjahr, wo du in die halbe Kälte und unter die vielen Fremden kommst? Warum wartest du nicht, bis es richtig warm ist? Dann ist es am schönsten im Süden. Ich war im Juli in Rom. Eine herrliche einsame Zeit. Ein paarmal war ich auf dem Forum ganz allein mit den Eidechsen der Ruinen, die sich mit dir sonnen und von und zu dir schlüpfen, Boten und Helfer, die klugen Lazerten mit den Edelsteinaugen. Wirst du lange wegbleiben?"

„Ich weiß noch nicht."

„Schade, daß ich nicht mit kann. Mein Semester hat angefangen, und Geld zum Wegfahren hab ich auch nicht. Ich wäre gern einmal lange mit dir allein gewesen in der Landschaft, in heroischer Landschaft. Es sind deine letzten Knabentage. Bald hast du vielleicht ein anderes Gesicht, und dann muß ich umlernen."

Wendelin sah den Freund etwas beklommen von der Seite an, er fühlte eine Anspielung in den letzten Worten. Vorsichtig lenkte er den Weiterredenden um die Ecke der Friedrichstraße und durch drängende Menschenmassen.

„Du hast wohl auch schon Reisegefährten?" fuhr Clemens fort. „Deinen Wiener Freund etwa, den jungen Weltweisen – ich vergesse immer seinen Namen –, der so viel Geheimnisvolles zu verschweigen hat, sich beständig verhält und vorenthält. Oder den Skandinaven, den schwankenden Riesen. Den mag ich gern. Seine Haut ist wie heller, von vielen Wassern glattgespülter Fels. Besser reist du noch mit dem."

„Die kommen beide nicht mit."

„Also allein. Das ist auch das Beste. Dann ist kein Mittler und Mehrwisser, kein Borger und kein Schenker zwischen dir und den Dingen. Unter den jungen Menschen deiner tüchtigen Generation findest du doch keinen, glaube ich, mit dem du in der alten Welt zusammensein könntest, anschauend und hingegeben, pathetisch und nüchtern zugleich und ohne Ziel und Eile. Reise allein und komm noch jung wieder. Gottlob, daß du nicht mit einer Dame fährst, einer Seelsorgerin und Seelsaugerin, die dich so lange mit ihrer unersättlichen Gegenwart bedrängt, bis du jede Hügelwelle, jeden Fensterbogen, Säulenwuchs und Goldmosaikdämmer auf ihre entsprechenden Reize beziehst. Da sind am Ende die sogenannten kleinen Mädchen noch weniger gefährlich. Die begnügen sich meist damit, als anschmiegende Staffage in deiner Landschaft zu lagern oder dir in der Kirche ein Nonnenköpfchen zu schenken. Aber diese Mädchen gibt es wohl nicht mehr recht, oder du kennst keine."

„Wenn du nicht etwa die Maja zu ihnen rechnest. Und mit der habe ich, wie du weißt, Fehler gemacht."

„Es kann keine so unschuldig erröten wie du jetzt."

„Ach Clemens, wie du mich quälst. Ich muß es dir sagen. Du kannst verlangen, daß ich nicht schweige, und doch weiß ich nicht –"

„Also es ist eine Frau dabei, eine Dame."

Wendelin nickte.

„Das bekümmert mich", seufzte Clemens, der nun schon ahnte, wer die Dame war. „Aber was ist da zu tun? Du mußt das wohl auch einmal durchmachen, erledigen. Eigentlich sollten wir nicht mit Frauen reisen. Man soll sie finden auf schönen Stationen, und wenn sie herrlich sind, am Ziel, wo die Ruhe ist, die wundervoll scheinbare Ruhe, Kirke im fernen Haus, Kalypso in seliger Grotte, Penelope in wiedergefundener Heimat."

„Aber du weißt ja noch immer nicht –"

„Was soll ich denn wissen? Wer dein Abenteuer, deine Eroberung ist?" rief Clemens.

„Abenteuer? Eroberung? Ich habe nichts erobert. Eine Frau ist gekommen, die glaubt, daß ich ihr helfen kann, eine Frau, die aus mir unbestimmtem, ziellosem Geschöpf vielleicht einen Mann machen wird. Sie ist viel wirklicher als ich, ihre Gegenwart wird mir Umriß geben, Sicherheit –"

„Hat sie dir schon das Herz behorcht? Kann sie dir schon vormachen, was du fühlst? Sollen dir Frauen Ziele setzen, du ziellos Lebendiges, sollen sie dich auf Kontur verengen, du räumliche Gestalt?"

Als er diese etwas ungewöhnliche Wendung gebrauchte, bekam Clemens einen Puff von dem nächsten Passanten, dem er nicht rechtzeitig ausgewichen war. „Mit dir spielen se woll", sagte eine echt berlinische Stimme. Aber das beachtete der Eifrige nicht, sondern fuhr in seiner Rede fort:

„Du weißt wohl nicht, daß der Wahn, den du von dir selbst hast, wahrer ist als die Wirklichkeit der

Frauen. Ach, glauben denn die Menschen immer noch an diese armselige Erfindung, diese erbärmliche Hilfskonstruktion, die Wirklichkeit? Diese Verhärtung, Kruste, schwindende und wieder aufgekratzte Narbe, die uns juckt auf den atmenden Wunden unseres fließenden Blutes. Aber dich sollen sie mir nicht wirklich machen, die Scheinbaren, deren Bestes gerade ihr Schein ist, denn ihr Denken, ihr Wissen ist doch nie Erkenntnis, immer nur Mittel zum Zweck, zur Lust, zum Kampf. In dein Gesicht sollen sie mir nicht die Schminke ihrer schaurigen Natürlichkeit malen und eine Maske daraus machen, einen Kinokopf."

Clemens war an der Ecke einer Seitenstraße stehengeblieben und sah dem jungen Wendelin in die Augen. Der senkte den Kopf an die Schulter des Freundes.

„Clemens, du Ungerechtester unter den Gerechten, sie hat von alldem gar nichts gesagt. Das war ja ich. Ach, wenn du wüßtest, wie deine – Freundschaft mich beschämt. Ich bin vielleicht im Begriff, dir etwas zu rauben. Das klingt wieder so eitel, als wollte ich mich rühmen, ich habe noch gar kein Recht, so zu sprechen. Laß mich doch endlich gestehen und verbau mir nicht immer die Wege. Es ist Karola, deine Karola. Gottlob, nun ist es gesagt."

Er hob den Kopf und sah in das Gesicht des andern, der einen müden, uralten Blick schweigend auf ihm ruhen ließ. So mußte denn Wendelin weitersprechen.

„Es ist alles schneller und seltsamer gekommen, als ich erklären kann. Gestern, als wir bei Margot tanzten, war Karola viel mit mir, aber sie sagte nichts Bestimmtes. Ich machte mir auch keinerlei Hoffnungen. Bisher habe ich sie immer nur in deinem Bannkreis gekannt, und auch wenn du nicht dabei warst, blieb sie für mich ein Teil von deiner Welt. Du weißt, daß ich sie verehre, seit ich sie kenne, aber diese – Andacht war eine Huldigung für dich. Heut ist sie zu mir gekommen und wendet sich an mich. Dadurch ist mein Leben verwandelt."

Und indem er diese Worte aussprach, kam es dem jungen Menschen tatsächlich vor, als begänne ein neuer Abschnitt in seinem bisher ohne viel Selbstbetrachtung hingenommenen Dasein. Er empfand das Pathos seiner Situation, er bekam einen nicht ganz angenehmen Respekt vor sich selbst, seiner Aufgabe, seiner Sendung.

„So kann ich denn zunächst Oda über Karolas Abwesenheit beruhigen", begann Clemens langsam. „Man war heut früh in Sorge um sie. Die kluge Margot hat richtig vermutet, daß sie bei dir sei."

„Woher weiß Margot –?"

„Sie wird das gestern, als ihr tanztet, vorausgesehen haben. Frauen erraten einander schneller als wir, sie denken in raschen Analogien, wo wir törichten Logiker nach Grund und Folge forschen. Ja, mein geliebter Junge, nach alter Überlieferung wäre es nun die einzige Lösung, wir ständen eines Morgens sehr früh auf, gingen mit mehreren schwarz angezogenen Männern zu einer häßlichen kahlen Stelle im Weichbild der Stadt und schössen uns einige Kugeln zu, wobei ich dich aus Ungeschicklichkeit treffen und beschädigen könnte, was ein Jammer wäre. Du bist ja, von Kindheit an geübt, ein eleganter Schütze, der mir am Ohr vorbeischießen wird."

„Aber Clemens, dazu habe ich noch gar kein Recht. Es ist ja nichts geschehen, es geschieht vielleicht gar nichts, was –. Mag sein, sie nimmt mich nur zur Begleitung mit, und wenn mir das ein solches Erlebnis ist, so braucht von ihrer Seite –"

„Du nimmst ritterlich alle Schuld auf dich, aber ich lasse dir keine. Und Karola, die Arme – ich mache leider auch ihr keinen Vorwurf, eher mir selbst. Und ich habe die gramvolle Hoffnung, sie nicht zu verlieren. Wenn du genug Morgentau und Abenddämmer, Wechselwelten der Wanderschaft und umrahmte Welten des Fensters an sie verschenkt hast, wenn sie dich gelehrt haben wird, aus den Katastrophen von Lust, Genuß und Schwäche eine erfreuliche Kette kindlicher Spiele zu machen und in den tiefsten Selbstvergessenheiten nie die Gefährtin zu vergessen, dann wird sie eines Tages unwiderstehliches Heimweh nach ihrem Kind bekommen und nach ihrem Winkel an meinem Feuer. Ich darf sie dann nicht wegschicken, wie ich sie jetzt nicht halten darf. – Aber wie werde ich dich wiederfinden? Zwischen unsere Blicke und Worte wird sich dieser lauernde Leib schieben, das Riff der Hüfte, an dem unser Stolz scheitert. Du wirst dein Leben ändern einer Frauenlaune zuliebe, und fremd wird es werden zwischen mir und dir. Davor ist mir bange. Vielleicht weißt du gar nicht, wie wichtig du mir bist, Kind."

„Ich wichtig? Karola hat gesagt, daß du eigentlich keinen Menschen brauchtest, daß du ebensogut mit deinen Geistern reden und leben könntest."

„Wie kindlich grausam sie ist. Ich brauche dich, Wendelin. Deine Jugend macht mir Lust, ‚noch im Leben zu verbleiben'. Deine Jugend lehrt mich zu lehren, sie ruft Gedanken und Worte aus mir herauf. Ich sehe dich wie einen Narziß, der eben anfängt, sich über ein Wasser zu neigen, das leise wellt, so daß du dein Gesicht immer wieder verlierst und neu findest in dem Fluß, der nicht bleibt. Du aber bleibst und bekommst in dem Wechselnden immer dich. Und nun willst du wegschauen aus dem Spiegel. Weißt du auch, mein Fortschweifender, daß die Stimme, die du vernahmst, ein trügender Widerhall ist, daß die Nymphe Echo dir deine eigenen Worte zurückruft, in deinen Worten sich selbst gefällt und dabei im Nachklang das Dunklere fortläßt und das Geheimnis verrät?"

Während der wunderliche Mensch diese Rede in mehr belehrendem als innigem Ton vorbrachte, hatte er sichs mitten im Verkehr der Straße häuslich bequem gemacht, indem er sich an den Wappenschild lehnte, der einem Sandsteinbären als Brustwehr diente. Das Stadttier von Berlin stand Wache an der Schwelle eines großen Bierpalastes, und Kestner streichelte beim Sprechen bisweilen seine Pfote und sah hinüber zu den bunten Einfassungen und dunklen Zugängen nächtlicher Vergnügungsstätten, die im Tageslicht grell und kalt aussahen wie Kulissen, die in nüchterner Frühe hinterm Theater ausgeladen werden. Wendelin sah ihn unablässig von der Seite an und versuchte einen Blick von ihm aufzufangen, bekam aber nur das Profil mit der hochgezogenen Braue, dem reichgeschwungenen Mund und dem fast schüchtern zurückweichenden Kinn hingehalten.

„Warum sieht er mich denn nicht an, wenn ich ihm so wichtig bin?“ fragte sich Wendelin. „Meint er denn wirklich mich?“

Und er hörte weiter zu.

„Du mußt wissen, ich bewundere Karola sehr; am stärksten ist sie, wenn sie hilflos scheint. Sie weiß, daß ich sie entbehre, wenn sie mich verläßt, und wie Eos muß sie zurück zu ihrem greisen, zirpenden Tithonos, der wartend und brach liegt und aus dessen Schlummer ihre Kräfte sich nähren. Oh, in wieviel Schichten und Zeiten leben wir doch alle miteinander, und die tausendjährigen Mythen sagen das Leibhaftigste aus über die Geheimnisse unserer Gemeinschaften. Durch wieviel mehr sind wir verbunden als durch dies einmalige Schicksal. Du, Knabe, bist immer wieder das Opfer, die Beute, dir droht des wilden Tieres Hauer, wenn Venus hinter dir hetzt. Aber Ganymed lebt ewig am Tische des Vaters. Geh nicht zu ihr, bleib bei mir!“

Nun mußte der gute Wendelin dem Profil, das beständig geradeaus Worten und Gedanken nachsah, auseinandersetzen, daß es mit dem Bleiben sowieso Schwierigkeiten habe. Es war gar nicht leicht, gegen die Fülle des Unpersönlichen den einfachen Bericht anzubringen, daß ihn der Brief der Mutter und die Verfügung des Onkels und Vormunds von Berlin wegrief.

„Ich bliebe am liebsten hier bei euch allen. Aber dazu müßte ich etwas Praktisches unternehmen. Wenn ich nun zunächst nach Italien ginge und mit Hilfe von Eißners und Donaths Verbindungen mich im Bilder- und Antiquitätenhandel versuchte, zumal ich bei meiner Tante in Fiesole wohnen kann –?“

Jetzt endlich wandte ihm Clemens sein Gesicht zu und lachte.

„Alles läuft auf Rechnungen hinaus, Seelenkämpfe geradeso wie Weltkriege. Na, nun führe mich bitte zu meiner Ehefrau. Wir müssen uns doch alle drei – wie sagt man? – auseinandersetzen. Ich müßte sie wohl vor die Alternative stellen: er oder ich. Das würde ihr am Ende sogar gefallen. Könnten wir nicht zunächst ein paar appetitliche Dinge einkaufen? Sie wird sicher Hunger haben da auf deiner Studentenbude.“

„Sie ist schon fort, will erst morgen wiederkommen.“

„Schade, wir hätten eine hübsche Mahlzeit auf Stuhl, Bett und Diwan improvisiert. Karola ist gut anzusehen, wenn sie auf beschränktem Raum mit unzureichendem Geschirr und Besteck tafeln muß.“

„Oh, Clemens, nun bist du mit einmal hinterlistig und machst all meinen und deinen Ernst lächerlich.“

„Du schmeichelst mir. Das Absichtliche war nie meine starke Seite. Ich liebe euch wohl alle nur anders als ihr einander.“

„Und wie soll man dich lieben?“

„Das muß schwer sein, ich gebe es zu."

Er faßte plötzlich in die Westentasche und sah nach der Uhr.

„Mein Lieber, ich muß dich leider verlassen. Du findest mich übrigens, wenn du nichts Besseres vorhast, den ganzen Abend zu Hause."

V

Es schlug zwei Uhr von dem Turm der Garnisonkirche, als Eißner und Karola aus dem Modehaus traten. Sie reichte ihm etwas verlegen die Hand, um sich zu verabschieden. Eißner aber faßte und behielt ihre Finger in beiden Händen.

„Meine verehrte Frau Karola, so lasse ich Sie nicht allein. Ich merke, es geht Ihnen nicht, wie es Ihnen gehen sollte. Ihre Stimmung macht mir Kummer. Das wenige, was ich tun kann, ist, Sie zu zerstreuen. So schlage ich denn zunächst vor, daß wir mit der Fancy Freo frühstücken."

Karola ließ sich in das Auto helfen und von der Freo erzählen, von der sie schon gehört hatte.

Fancy Freo, ursprünglich Friederike Förster, stand damals noch im Anfang ihrer Laufbahn; sie ist im nächsten Jahr schon viel berühmter geworden, und von ihrer engelhaften Erscheinung und eigentümlichen Kunst ist noch manches zu erwarten. Ihr Vater hatte seinem Namen Ehre gemacht: Er war Forstmeister in kaiserlichen Diensten geworden und hatte dafür gesorgt, daß sein Gebieter die gewünschte Menge Wildschweine jeweilig bequem zur Strecke bringen konnte. Nach dem Sturz des Kaiserreiches bekleidete er einen Verwaltungsposten. Friederikes gute Eltern hätten es gern gesehen, daß ihr Kind einen befreundeten Forstakademiker heirate, der in Potsdamer Kreisen Ansehen und Protektion genoß.

Rikchen aber verließ mit achtzehn Jahren das Elternheim, das sich zu dieser Zeit nicht mehr unter den Föhren des Wildparks, sondern in einer Dienstwohnung des Berliner Schlosses befand, und hauste eine Zeitlang in einem trübselig möblierten Zimmer der Luisenstraße mit einem Jugendfreund, der von der Kadettenanstalt in die Filmbranche geraten war. Er brachte sie ins Komparsencafé. Bald entdeckte ein kluger Regisseur die musikalische und drastische Bühnenbegabung der jungen Figurantin, deren Talente im Film nicht zur Geltung kamen. Ihr spezieller Reiz bestand darin, daß sie bei distinguiertester Haltung und mit den sparsamsten Bewegungen gewagte berlinische Gassenlieder vortrug. Dabei sprach sie das meiste in trockenem Ton und ging nur bei den besonders derben oder witzigen Stellen in einen tiefstimmig langgezogenen Gesang über. Eißner, der um diese Zeit in Fancys Leben eintrat, erwarb das besondere Verdienst, sie wieder mit ihren Eltern zu versöhnen, nachdem sie ihm öfters erklärt hatte, sie habe Heimweh nach „Mutterns Sofa mit Umbau und Vaterns Pfeifenstellage“. Sie unterhielt sich gern und lange mit Portierfrauen und Marktweibern, noch lieber mit Monteuren, Straßen- und Kanalarbeitern, überhaupt allem Mannsvolk, das in grimassenschneidenden Velvethosen umherläuft. „Gebildete Leute“ hatten im allgemeinen bei ihr einen schlechten Stand. „Frisierte Fressen kann ich nicht ausstehen“, pflegte sie zu sagen. Ihren Freund Eißner veranlaßte sie mit

Vorliebe, sie in wüste Spelunken und Tanzhöhlen des nördlichen Berlin zu begleiten. Er mußte bei schalem Bier zusehen, wie sie mit den echten und falschen Matrosen tanzte. Manchmal geriet er dabei in Gefahr, benahm sich aber immer sehr mannhaft. Bei Anspielungen auf die Ängstlichkeit seiner Stammesgenossen wurde dieser sonst Langmütige grimmig und warf als ausgezeichneter Boxer den Gegner mit ein paar Stößen zu Boden. Dann fiel ihm die schöne Fancy, die sonst karg mit Liebkosungen war, begeistert um den Hals.

Von diesem Mädchen erzählte Eißner unterwegs seiner schweigsamen Begleiterin, bis das Auto vor dem ältesten Teile des Schlosses hielt.

„Werden wir denn in der Schloßküche bei den wohltätigen Österreichern essen?" fragte Karola.

„Nein, da verkehren der Fancy zu viel Studierende, übrigens nimmt sie ihre Mahlzeiten trotz aller Neigung zum volkstümlich Pittoresken gern in gediegenen Gaststätten ein. Ich hole sie hier von ihren Eltern ab."

Karola sah ihm nach, wie er schwer und elastisch über das altertümlich gebuckelte Pflaster des Schloßhofs schritt. Dann, eine Weile allein, schaute sie zu dem grünberankten Gemäuer der kurfürstlichen Schloßapotheke auf und zum Wasser hin.

„Ich sollte nach Hause telephonieren, man wird sich ängstigen. Ach, ich kann heute nichts Verständiges tun." Sie besah sich im Taschenspiegel, ob sie auch gut genug aussehe für die schöne Fremde. Sie konnte zufrieden sein, ihre Lippen waren brennend rot und das Gesicht von so gleichmäßig matter Blässe, daß es sinnlos gewesen wäre, mit den Utensilien des Täschchens nachzuhelfen.

Da erschien Eißner mit einer schlanken Gestalt in resedafarbenem Complet.

„Ich kenne Sie vom Ansehen", sagte sie bei der Vorstellung mit einem Madonnenlächeln zu Karola. „Sie waren doch der Schiffsjunge auf dem letzten Kunstgewerbeball mit Anker auf dem Ärmel und richtig hinten geschnürten Hosen. Sie kamen sogar an unsern Tisch, aber mit mir wollten Sie nicht tanzen, ich sah gewiß wieder zu bürgerlich aus. Kostümfest kann ich nicht. Mein Großvater von Mutterseite war Pastor. Da ist nichts gegen zu machen."

Als Eißner mit Genugtuung festgestellt hatte, daß der Kontakt zwischen den Frauen sich von selbst ergab, nahm er sein Notizbuch aus der Brusttasche, las und schrieb Zahlen.

„Sehen Sie nur den Wucherer", rief Fancy, „er arbeitet im Hauptbuch. Meinem Vater seine Kontobücher sind etwas größer, und vorn steht immer ‚Mit Gott'. – Na, wie stehen denn meine Papiere, E. I.?"

„Auf Bergwerk-Bedarf bleiben Sie am besten sitzen."

„Wenn du mich sitzenläßt, dann kannst du mich auch ruhig hier vor der Frau Professor duzen. Nur keine falsche Scham."

Eißner ließ in der Neuen Wilhelmstraße halten und führte seine Damen, von eifrigen Kellnern begrüßt und geleitet, in einen angenehmen Hoffensterwinkel der Weinstube.

„Das ist nett. Da sitzt man wie im Berliner Zimmer“, meinte Freo, „nur müßte noch so eine Estrade da sein, ein Haut-Pas oder wie das Ding heißt, dann wäre es wie bei meiner Tante in der Steglitzer Straße, aber bei der gab es immer Kartoffelpuffer, so was Feines kriegen wir hier nicht vorgesetzt. Also, Gewaltiger, bist du heute despotisch oder milde? Muß man essen, was du befiehlst, oder darf man wählen? Wenn er nämlich befiehlt, müssen Sie wissen, bekommen wir lauter Vorspeisen, œufs en cocotte und solches Kokottenzeug, und ich bin von hier und esse mittags am liebsten Suppe. Wenn ich je nach Paris kommen sollte, bestelle ich mir zum Déjeuner eine Potage, und wenn sich mein Kavalier zu Tode schämt vor dem vornehmen Garçon. Als gutes Berliner Kind nähme ich ja gern Rinderbrust mit Meerrettichsauce. – Nun, nick nich gleich, Mensch!“ wandte sie sich an den Kellner, der hinter Eißners Stuhl stand. „Und schreib nicht so viel auf deinen neumodischen Löschblock, sag uns lieber ehrlich und aufrichtig, was heut gut ist, wie wenn wir deine Schätze wären und nicht dem feinen Herrn seine. Ich versteife mich gar nicht auf Rinderbrust, zuletzt wird es ja doch Entrecôte oder Rumpsteak. Aber eins sage ich euch: Pêche Melba brauch ich nicht zu essen, ich bin ein deutsches Mädchen und möchte einen Windbeutel haben als Dessert, das bin ich dem Brotherrn meines Vaters schuldig, und wenn ihr keinen habt, dann holt mir einen aus der Bäckerei und schlagt zehn Pfennig auf.“

Als das Menü gemacht war, erhob sich Eißner, um zu telephonieren.

fand sie das selbständige und rückhaltlose Wesen der Freo erfreulich und wollte ihr das gerade mit Worten ausdrücken, da kam Eißner zurück.

„Der junge Domrau hat bei mir angerufen", erzählte er, „es tut mir leid, daß er mich verfehlt hat. Vor ein paar Tagen schrieb mir seine Mutter, sie wolle ihn von Berlin forthaben. Wenn man nur etwas für den Jungen tun könnte, damit er hierbleiben darf. Aber was soll er unternehmen? Wissen Sie keinen Rat, Frau Karola?"

„Der müßte zum Film", rief Fancy, ehe Karola eine Meinung vorbringen konnte. „Er hat einen guten Kopf und hübsche Bewegungen; so rechtschaffen sieht er aus, das wäre doch mal etwas anderes als die hysterischen Hampelmänner, für die sich die Spießer begeistern."

„Sein Vater war ein feiner Diplomat der alten Schule", sagte Eißner, „er lebte meist im Ausland, in Konstantinopel, Smyrna, Bukarest. Er hat seinem Sohne nichts als den Namen hinterlassen. Der Bruder des Alten, der Vater meiner Frau, starb im Kriege unter so traurigen Umständen, daß seine Kinder das Gut verkaufen mußten. So ist von väterlicher Seite für den Wendelin nichts zu erhoffen. Der Bruder seiner Mutter hat ein Gut in der Neumark und will sich gern seines Neffen annehmen, wenn er zu ihm kommen und Landwirt werden mag. Ich hätte ihm in getreuer Tradition meines Vaters, der der Finanzmann seiner Vorfahren war, gern meinen Rat angeboten, um ihm zur Diplomatenkarriere zu verhelfen."

„Auf Kongressen würde er sicher der Niedlichste sein“, sagte Fancy.

„Gut aussehen ist eine Tugend, auf die leider bei uns wenig Wert gelegt wird“, antwortete Eißner. „Die Deutschen tun, als wenn sie wie Gott das Herz ansehen könnten.“

„Sehen Sie“, wandte sich Fancy an Karola, „dieser sympathische Jüngling ist auch einer von denen, die nicht rechtzeitig telephonieren gelernt haben.“

„Wenn er hierbleiben will, wird er es noch lernen und Handel treiben müssen wie wir alle“, sagte Eißner, „mit geistiger oder anderer Ware. Nicht jeder hat das Glück unserer lieben Fancy, daß er nur zu singen braucht, wie ihm der Schnabel gewachsen ist, um zu triumphieren. Wenn ich bei der nächsten Finanzkrise daran glauben muß, werde ich dein Manager. – Wie ist es mit einem starken Kaffee, damit wir wieder den Kampf ums Dasein aufnehmen können?“

„Dazu möchte ich die Herrschaften in meine Zimmerflucht bitten“, rief Fancy, „den Kaffee will ich selbst kochen, schon um nicht den Kellner das gräßlich protzige Mocca double aussprechen zu hören. Außerdem wollen mich einige Kollegen besuchen.“

Karola war vom Burgunder so angenehm müde, daß sie sich widerstandslos mitnehmen ließ. Man fuhr ins Bayerische Viertel.

Unterwegs legte Fancy der Karola den Arm um die Schulter. „Bei mir bekommen Sie gleich ein Diwanlager.“

Als man über die Brücke am Kanal kam, dachte Karola einen Augenblick: „Sollte ich nicht doch lieber nach Hause? Sonst komme ich erst, wenn der Erwin schon zu Bett ist."

Aber da hatte das Auto bereits den Lützowplatz umkreist, und diese fremde Fancy hatte ein angenehmes Parfüm.

„E.I., dein neuer Chauffeur scheint sich in meinem Stadtteil noch nicht auszukennen. Wie heißt er denn? Christof. – Also, Christof, noch zweimal rechts um die Ecke und dann geradeaus auf den Marktplatz von Dinkelsbühl, wo so'n alter Brunnen steht aus dem neunzehnten Jahrhundert. Lach nicht. Er glaubt das. Wir Berliner bauen uns unsern Bedarf an Altertümern funkelnagelneu mit Zentralheizung und Lift an den Stadtrand. Eigentlich würd ich ja lieber im alten Westen hausen, aber da gibt es keine kleinen Appartements für verlorene Töchter."

In Fancys Boudoir wurde Karola auf Daunenkissen gebettet und blieb ruhig liegen, als die andern Gäste erschienen. Der lebhafte kleine Conférencier setzte sich zu ihren Füßen auf den Rand des Diwans, um bald mit einem Witz aufzufahren, bald mit einem komischen Seufzer zurückzusinken. Er redete mehr zu den andern, versäumte aber nicht, bei jeder riskierten Bemerkung sich halb zu Karola umzudrehen und in wienerischem Tonfall zu bitten: „Die gnädige Frau wird schon entschuldigen." Er plauderte wie vor seinem Vorhang und duckte sich oft, als wollte er seinen Übermut vor dem Protest des Publikums hinter bergende Falten flüchten.

Gelassener benahm sich ein stattlicher Balte, der langsam mit der Kaffeetasse auf und ab schreitend von seinen Petersburger Offizierstagen berichtete. Seit er von seinen russischen Gütern vertrieben war, ernährte ihn vorwiegend eine auffallende Napoleonähnlichkeit, die ihm ein gutes Filmengagement verschafft hatte.

Etwas später erschien der schmalschultrige Hausdichter des Kabaretts, der unter seiner Stirnlocke zusammenbrechend in einer schüchternen Ecke Platz nahm und behauptete, er müsse nach Paris, hier falle ihm nichts mehr ein.

„Ach, was tuns denn in Paris?" meinte der Conférencier. „Absynth gibts eh keinen mehr, und im Café-Concert sitzen lauter Amerikaner, die die politischen Späße nicht verstehen und sich lieber eine nackichte Revue vortanzen lassen. Das Politische können Sie auch gar nicht in Ihr geliebtes Deutsch übertragen."

„Aber das andere –"

„Das andere! Da muß ich erst zwischendurch dem Publikum Nachhilfestunden in der Liebe geben, damit es Ihre werten Nuancen versteht."

„Das wäre überhaupt eine schöne Aufgabe für dich, teurer Meister", sagte die Freo. „Kannst du da nicht bei uns anfangen?"

„Es ist nicht hübsch von dir, einen ehrlichen Burschen zu verspotten, der eine alte Mutter und zwei ledige Schwestern aus Ottakring durch seine geistige Arbeit vor Armut beziehungsweise Schande bewahrt."

„Es hilft nichts, wir müssen uns alle prostituieren", sagte der Balte ganz ernsthaft und mit langrollendem R.

„Wer verlangt das von Ihnen, edler Korse?“ fragte ein beleibter Journalist mit Hornbrille, der in diesem Augenblick eintrat.

„Kommen Sie, Frau Karola“, flüsterte die Freo, „wir drehen uns im Nebenzimmer das Grammophon an und scherbeln ein bißchen. Die Unterhaltung wird mir hier zu seriös.“

Die Männer waren allein.

„Wer ist eigentlich diese schöne Frau? Sie erinnert mich an eine Schwedin, die zu meiner Zeit in Petrograd Furore machte“, wandte sich der Balte an Eißner.

„Sie ist nicht von der Bühne, sie ist die Gattin des Professors Clemens Kestner, wenn Ihnen dieser Name bekannt sein sollte.“

„Kestner!“ sagte der Journalist. „Mit dem habe ich ein Semester zusammen studiert. Der hat geheiratet? Das hätte ich ihm nie zugetraut.“

„In unseren kriegerischen Zeiten sind sogar die Professoren tollkühn geworden“, warf der Conférencier ein.

„Von der Kühnheit ganz abgesehen – aber wenn er sich nicht sehr geändert hat, muß er gewissermaßen zu umständlich sein. Damals bat ich ihn eines Tages, mich im Theater zu vertreten. Ich schrieb gerade meine ersten Kritiken. Es wurde der Ödipus von Sophokles in einer neuen Aufmachung gegeben, und ich hatte den Abend etwas Besseres vor. Kestner, schon als Student sehr gelehrt, könnte, dachte ich mir, ein paar verständige Bemerkungen zur Antike und dergleichen aufsetzen. Ich bat ihn also, für mich in die Premiere zu gehen und mir am nächsten Morgen etwas Gescheites darüber zu schreiben. Tags darauf besuchte ich ihn, um mir die Kritik abzuholen. Ich fand ihn im Schlafrock an seinem Schreibtisch über den griechischen Sophokles und einige beschriebene Bogen Papier gebeugt, auf denen das meiste durchgestrichen war. ‚Mein Lieber', sagte er, ‚ich habe die ganze Nacht aufgesessen und über uns und den Ödipus nachgedacht. Ich komme immer mehr zu dem Resultat, daß wir noch kein Recht haben, diese Tragödie zu erneuern. Was wir da machen, wird nur Psychologie und Stimmung. Auf diesem Wege kommen wir nicht an die Antike heran.' So redete er noch eine Weile weiter, recht interessant. ‚Haben Sie denn etwas davon aufgeschrieben?' fragte ich. ‚Allerdings, aber das ist unzureichend.' – ‚Na, und die Aufführung selbst?' Im Theater hatte er auch schon immer gedacht: ‚Das geht doch nicht' und hatte für meine Begriffe gar nichts gesehen. Ich habe dann aus seinem Durchgestrichenen ein paar nützliche Nebensätze mit ‚obzwar' und ‚so sehr auch' machen können, die das Verdienst des Regisseurs nur erhöhten, den Rest ergab der Theaterzettel und die Analogie."

„Dann verhilft er seiner Gattin vielleicht auch zu ein paar tugendhaften Konditionalsätzen", meinte der Conférencier, „nachher hat sie im Hauptsatz um so größere Freiheit."

„Es ist zum Verzweifeln", stöhnte der Hausdichter, „wenn man von solchen Leuten hört. Die sehen gar nicht, was in der Welt vorgeht. Der Ödipus hat eben einen Komplex gehabt, gerade wie der Hamlet. Man könnte übrigens einen famosen Film aus der Begebenheit machen, aber ohne die Mitarbeiterschaft von Gelehrten."

„Nun, ein Gelehrter schlechthin ist mein Freund Kestner nicht", wandte Eißner ein. „Von seinen Kollegen will er nicht viel wissen. Er lebt in einem Kreis von Leuten, die zu einer ganz anderen Welt gehören. Vor dem Kriege waren es unbeirrte Wolkenkuckucksheimer, die in Münchener und Pariser Ateliers hausten, malten, dichteten und philosophierten. Jetzt haben sie sich ‚umstellen' müssen, wie das schöne Wort lautet. Nur wenige von ihnen sind dabei richtig praktisch geworden, die meisten und gerade die sympathischsten haben irgendeine Fronarbeit übernommen und besuchen abends einander in ihren Stuben, um bald wehmütig, bald munter zusammen ihre Jugendträume weiterzuspinnen."

Der Conférencier meinte, daß diese Leute am Ende auf ihre genügsame Art glücklicher seien als „wir vom Betrieb". Aber der junge Dichter wollte diesen „romantischen Quietismus" nicht zulassen.

Nebenan ließ sich Karola von Rampe und Garderobe erzählen.

„Ist ja nicht übel, beklatscht zu werden", schloß die Freo. „Man wird bloß furchtbar affig. Manchmal möchte ich richtig heiraten und Kinder haben. Ist das nicht das Schönste?"

„Ich habe ein süßes Kind, es hilft nichts, einen guten klugen Mann, es hilft nichts. Ich habe Freunde, eine Schwester, die alles für mich tut. – So eine wie ich sollte vielleicht auf die Bretter und immer fort sein aus dem Haus. Ach, eigentlich will ich wohl ins Paradies.“

Die Freo küßte sie zärtlich auf Mund und Wange.

Eißner lüftete den Vorhang des Boudoirs. „Fancy, heut brauchst du doch nicht aufzutreten?“

„Nein, aber nach der Vorstellung haben wir nächtliche Generalprobe des neuen Programms.“

„Da könnten wir vorher zu den ‚Schwestern‘ gehen, das wurde nebenan vorgeschlagen.“

„Zu was für Schwestern? Barmherzigen?“

„Barmherzig sind sie auch, aber nur zueinander. Sie tanzen in einem unscheinbaren Lokal des südlichen Westens, leidenschaftliche Lehrerinnen und schüchterne Ladnerinnen, vornehme Russinnen des vertriebenen Adels mit ihren internationalen Sekretärinnen und so weiter. Es soll eher rührend als großartig bei ihnen zugehen.“

Die Freo verlangte nur, Karola solle mitkommen. Karola wollte erst nach Hause, sich umzuziehen. Aber das erlaubte die Freo nicht.

„Wir tanzen im Straßenkleid. Ist doch kein Ausnahmezustand mehr. Ist doch wie das tägliche Brot.“

VI

Wendelin stand noch eine Weile starr, fassungslos auf dem Fleck, wo Clemens ihn verlassen hatte.

War es eine Schuld, geliebt zu werden?

Er faßte in die Tasche und zog den Brief der Mutter hervor. Ohne zu lesen, besah er die Buchstaben. Die umfangenden Girlanden der Worte taten ihm wohl. Er sah den alten Kutscher, der ihn von der Bahn abgeholt hätte, freundlich krumm auf seinem Bock sitzen, auf den Rücken seines Pferdes schauen und ihm mit der Peitsche die Fliegen wegstreichen. Er sah das weiß getünchte Zimmer im Seitenflügel des alten Herrenhauses, das er immer bewohnte, das berankte Fenster mit dem Ausblick auf unendlichen Morgen und unendliche Nacht. Dort hätte es einen vorgezeichneten Tageslauf gegeben, der früh begann mit dem Ritt auf das Vorwerk. Der Onkel hatte ihm allerlei Interessantes geschrieben, er wollte neu durchforsten und es mit einem Buchenunterbau unter den alten Kiefernbeständen versuchen. Als leidenschaftlicher Jäger plante er Remisen anzulegen, um Fasanen heimisch zu machen. Und Wendelin selbst hatte auch Vorschläge zu Neuerungen im Sinn. Konnte man nicht einige Wiesen im Bruch in Pferdekoppeln umwandeln?

Waldwege reiten und später Stoppelgalopp! – Ach, aber mit Margot durch den Tiergarten traben, war eine nähere, stärkere Verlockung. Margot auf ihrem „Pan“ und Stadtlandschaft ...

„Ehe ich nach Italien reise, müßte ich sie um Rat fragen, ob ich nicht für ihre reichen Sammler dort einkaufen kann. Jetzt aber muß ich endlich an Eißner telefonieren. Vorwärts?“

Er ging aufs nächste Postamt. Eißner war nicht in seinem Büro und Margot nicht im Tattersall.

Nun müßte man eigentlich essen gehen. Es war schon zu spät, um die Freunde an ihrer Mittagstafel anzutreffen. Dort das Bräu, das war das Einfachste. Da sah er aber gerade einen Kollegnachbarn eintreten, der ihm immer völkische Programme zu entwickeln, ihn zu Versammlungen einzuladen und an seine Adelspflichten zu mahnen pflegte. Das würde er heut schlecht ertragen.

Er setzte sich in das große Café, ließ sich Eier im Glas, Brot und ein Glas Portwein bringen. Sparsam wollte er sein, aber es wurde natürlich teurer als im Restaurant.

Auf dem leeren Nachbartisch lag Schreibpapier, das nahm er sich herüber und begann einen Brief an die Kusine Jutta. Der mißglückte nach den ersten drei Zeilen. Warum, wenn sie ihn liebte, wollte Karola ihn wegnehmen von allen andern?

Er ging an schönen Schaufenstern hin. Ein Geruch von Benzin, Juchten und Parfüm tat ihm wohl. Die Frühlingssonne auf den spärlichen Bäumen, dem Sand und dem Pflaster war ein gelindes Glück.

Der Platz mit den Botschaften und Palais kam ihm noch immer riesengroß vor, seit er als vierjähriger

Knabe hier einmal lange neben dem Vater gestanden und gegangen war.

Dieser freundliche Herr im welligen Bart, so ähnlich und so anders als das Bild auf dem Schreibtisch der Mutter, hatte bei einem seiner seltenen Besuche in Berlin sich nicht von seinem kleinen Buben trennen wollen und ihn den ganzen Tag im Wagen mitgenommen. Da saß er auf den blauen Tuchpolstern, während der Vater in den Büros der Minister Besuch machte. Und hier auf dem Platz gingen sie dann mit einigen Herren, die blinkende Zylinder auf dem Kopf und gut riechende Ledermappen unter dem Arm hatten, hin und her. Der Vater hatte immer Wendelins Kinderhand in seiner, während er oben mit den anderen redete. Bald mußte der Kleine viele Schrittchen machen, um mitzukommen, bald gelang es mit einigen Sprüngen. Der schöne Platz mit zurückweichenden Fassaden und nahen Rasenflächen dehnte sich – und seit damals fühlte Wendelin sich Bürger dieser Stadt.

Als er an der Tormauer entlang und zum Tiergarten hinüberging, beschloß er, Donath zu besuchen. Er bog in die schmale Viktoriastraße ein, kam, wo sie sich verbreitert, zu dem einzelnstehenden alten Baum, den er liebte wie einen ganzen Wald, dann zum Kanal und durch Menschen- und Wagengedränge an der Brücke vorbei in die schon dämmernde Straße am Ufer. Er überquerte den Gartenhof einer Klinik und stieg im Rückgebäude in das zweite Stockwerk.

Donath öffnete im Pyjama. Im Flur war Ampellicht, das bunte Fayencehunde, blanke Polostöcke und gewundene Kakteen beleuchtete. Auf bemalten Truhen lagerten Damenmäntel, die an den Riegeln keinen Platz mehr gefunden hatten.

„Wendelin! Wie reizend."

„Störe ich dich? Du hast Besuch und bist –"

„– noch nicht angezogen. Seit einer Stunde mache ich vergebliche Versuche dazu. Die ersten Besucher kamen, als ich im Bad war. Und es kommen immer neue. Geh doch bitte ein paar Minuten hier in das Mittelzimmer und unterhalte die gute Kunny Werner; die sitzt dort mit ihrem neueroberten Herrn von Schlagintweit, um dessentwillen sie sich scheiden läßt. Ich soll ihr eine Wohnung besorgen. Inzwischen werde ich zwei hohe Kundinnen fertig behandeln, die sich in meinem Schlafzimmer für Puppen interessieren und mich dadurch hindern, Hosen anzutun. Ich hole dich nachher hinüber in die Bibliothek, da gibt es Leute, die dich teils lieben, teils lieben werden. Du bist doch heut abend frei, Wendelin, du mußt mit uns essen."

Wendelin fand unterm Kerzenlicht alter Armleuchter Kunny, bewacht von einem goldenen chinesischen Buddha und begrinst von einem braunen Holzneger. Neben ihr saß, mit seinen Beinen viel Raum verdrängend, Herr von Schlagintweit. „Das ist mein Haudegen", stellte sie vor, „der mich auf seiner Fregatte nach Island und Spitzbergen entführen will. Sonst gibt Werner mich doch nicht frei."

„Raub ist die ursprüngliche Form der Ehe", erklärte der magere Riese, „zu der wir jetzt wieder zurückkehren. Wenn Sie je heiraten sollten, Herr von

Domrau, so steht Ihnen mein Kauffahrer zur Verfügung." Dann fragte er Wendelin nach verschiedenen Vettern, die er vom Kasino und aus dem Kriege kannte.

„Hört bloß auf vom Kriege. Sie müssen wissen, Domrau, dieser Raufbold gehört zu denen, die immer noch nicht genug haben. Er hat auch noch den ruhmreichen Feldzug gegen die Bolschewiken in Kurland mitgemacht. Und jetzt will er Seeräuber werden."

„Was soll man auch tun?" sagte Schlagintweit. „Wenn man hier in der Stadt bleibt, kommt man aus den verzweifelten Saufereien nicht heraus. Muß man schon einmal in diesen Proletenzeiten Geld verdienen, dann lieber zu Wasser als in Kontoren."

„Seefahrer waren ja wohl auch die ersten Kaufleute", meinte Wendelin.

„Sehr richtig, Schiff und Karawane, das ist die wahre Börse. Wenn es noch Karawanen gäbe zwischen Nischni Nowgorod und Sibirien, würde ich da auch gern mitmachen."

Das Telephon klingelte. Es hing unter einer geschnitzten Madonna über einem gotischen Taufbekken, in dem schräg das Telephonbuch stak. Donath kam aus dem Nebenzimmer und gab eine Viertelstunde lang einer auswärtigen Freundin Auskunft über die Schicksale ihres Airedale-Terriers, den er auf seiner letzten Reise mitgenommen und weiterbefördet hatte.

„Unser Donath ist ein wahrer Schutzengel", flüsterte Kunny. „Einem verschafft er eine Anstellung, dem andern eine Ehe, dem dritten eine Wohnung, und das ist immer noch das Schwerste. Dabei hat er so viel zu tun, er muß die Damen der hohen Finanz und Industrie nicht nur mit Gegenständen, sondern auch mit Geschmack versorgen."

„Ist er nicht von Haus aus reich?" meinte Schlagintweit.

„Er war es, hat aber schon öfters alles verloren. Und doch versteht er weiterzuleben wie früher. Immer führt er einen dahin, wo es elegant und sympathisch hergeht, und wenn er kein Geld in der Tasche hat, schreibt er schräg. Ihm vertrauen eben alle, nicht nur wir Frauen."

„Man muß am Ende eifersüchtig auf diesen Ladiesman sein", knurrte Schlagintweit und schlug sich auf die Knie.

„Ach, Hilmar, das wäre lächerlich, ihn lieben alle. Wo sollte er die Zeit hernehmen ...? Aber es gefällt mir, daß du gleich grimmig wirst."

„Na, glaubst du, ich mache euren schlappen Künstlerbetrieb mit?"

„Denk dir", rief Kunny Donath zu, der endlich den Hörer abgehängt hatte, „der Hilmar ist eifersüchtig, und zwar auf dich."

„Muß er auch", sagte Donath, kam zu ihr und streichelte ihr das Haar. „Und wenn er unsere Kunny nicht sehr glücklich macht, dann wehe ihm! – Also, Kinder, das mit der Ansbacher Straße wird gemacht." Damit geleitete er die beiden hinaus.

Wendelin besah Bücher, die auf Tischen lagen und in Regalen standen. Er hatte ein zärtliches Gefühl für schöne Drucke, faßte gern Lederrücken an und liebte es, das Seidenpapier von Illustrationen zu lüften. Es war reizend anzusehen, wie höflich er mit den Bänden umging, und Donath, der wieder aus dem Entree ins Zimmer getreten war, beobachtete ihn eine Weile schweigend.

„Nun laß die Spielsachen liegen, mein Junge“, sagte er dann, „geh in die Bibliothek zu den andern hinüber. Ich will währenddessen meine Schönen im Schlafzimmer verabschieden.“

Durch die offene Tür hörte Wendelin, während er die Bücher wieder an ihre Plätze zurückstellte, Donaths Stimme: „Den Bamberger Krippenengel schicke ich Ihnen morgen nach Potsdam, Mathilde. Und du, Ruth, bekommst die Puppe der Oda Werkenthin, die mit den Perlenlippen, die sich so kühl küssen.“

Wendelin fühlte im Rücken ein kaltes Rieseln und das Blut heiß in den Wangen. Wenn ihn schon der Name von Karolas Schwester, im Nebenzimmer ausgesprochen, so bewegte, dann liebte er wohl wirklich?

Rauben müßte man wie der Haudegen der Kunny.

Vor den Schränken und Gestellen der Bibliothek fand Wendelin den zierlichen Dichter Körting im Gespräch mit der bleichen, brünetten Hannah Pätzold, die immer zur Bühne wollte und alle angebahnten Engagements wieder ausschlug, weil sie nicht fort konnte; von wem, wußte man nicht.

Zu Hannahs Füßen saß auf einem Kissen ein üppiges Mädchen und hob ihr zartes Kindergesicht dem Eintretenden entgegen, um es dann gleich wieder zu senken und ihn auf ihren altmodischen, dunklen Madonnenscheitel schauen zu lassen. Hannah begrüßte Wendelin, indem sie ihn in die Arme schloß und sich mit ihm hin und her wiegte. Dann neigte sie sich Kopf an Kopf mit ihm zu der Sitzenden hinunter, bis sie die linke, er die rechte Wange der Verwunderten berührte.

„Das ist mein Schwesterchen Magda."

Der Dichter reichte ihm eine schmale, ängstliche Hand.

„Sie ist unser Sorgenkind", fuhr Hannah fort. „Wir wollen sie zum Film schicken. Mit ihrem süßen Gesicht könnte sie doch in dem Schaufenster jedes Papiergeschäftes als Ansichtskarte paradieren. Aber die unartige Kleine möchte lieber aufs große Theater und am allerliebsten gar nichts tun."

„Finden Sie das nicht auch am verlockendsten?" fragte Magda. „Auf Wiesen und in Badewannen liegen. – Aber diese wilde Hetzerei beim Film, das lange Warten in muffigen Ateliers und zugigen Vorstadtlandschaften, das ist nichts für mich."

„Wenn man Sie ansieht", sagte der Dichter, „wird man selbst angenehm träge."

„Dichter können sich das leisten", entgegnete Hannah schnell, „aber wir anderen nicht."

Körting zog in zerstreuter Unhöflichkeit die Uhr und verabschiedete sich. Man blieb etwas verlegen zurück.

Hannah meinte: „Vielleicht habe ich ihn verletzt. Er ist empfindlich und überarbeitet. Die ganze Woche schreibt er Gerichts- und Sportberichte für Zeitungen, um Sonnabend und Sonntag eine angebetete Frau in Westdeutschland zu besuchen. Seine Laura ist die treue Ehefrau eines braven Mannes; ob sie auch so viele Kinder hat wie die von Petrarca, das weiß ich nicht."

„Drei", sagte Donath, der eingetreten war. „Körting darf sie sonntags im Stadtpark spazierenführen, wenn die Mutter keine Zeit hat."

„Macht das glücklich?"

„Wer weiß", sagte Donath nachdenklich, „welch ein Trost im Druck solch einer kleinen Kinderhand liegen mag. –"

Niemand fand es verwunderlich, daß Donath noch immer wenig bekleidet war. Er stand in kurzen blaugestreiften Hosen, auf die nackte Brust hing ihm eine goldene Kette.

„Donath, du wirst zu üppig", rief Hannah. „Hat er nicht Arme wie eine schöne Holländerin? Oder muß er so sein? Vielleicht ist er unser Bacchus, um den wir alle herumspielen mit unsern Freuden und Kümmernissen und der dafür sorgt, daß wir in seinem Reigen bleiben und nicht vergessen, das Leben ist nur hier und heut. Dann dürfen wir auch Mänaden sein, das habe ich mir immer gewünscht."

„Und du, Wendelin", fragte Donath lächelnd, „bist du ein junger Satyr?"

„Mich will man gerade fortnehmen aus deiner Schar", und er berichtete von dem Brief der Mutter.

„Das gibt es nicht! Aufs Land lassen wir dich nur, wenn du reich und standesgemäß heiraten sollst. Fehlt es dir an Geld, um hier zu leben, dann mußt du eben verdienen. Tritt doch in meinen Laden ein, werde mein junger Mann, Sekretär, Teilhaber."

„Du machst dich über mich lustig."

„Nein, du wirst deine Sache bald verstehen. Das Wesen derjenigen Antiquitäten und Kunstgegenstände, für die es jeweils Käufer gibt, ist schnell erlernt. Du brauchst nur deine natürliche Liebenswürdigkeit praktisch anzuwenden. Nicht wahr, Hannah, diesem Kinde wird jeder mit Vergnügen etwas abkaufen?"

„Ich, wenn ich Geld hätte, sofort."

„Ich bliebe gern in Berlin, schon um manchmal in deinen bunten Zimmern sein zu dürfen, Donath, wo Raum ist für alle."

Es klingelte.

„Mit deinem ‚für alle' hast du der, die da wahrscheinlich geklingelt hat, das Stichwort gegeben. Es wird meine kleine Kommunistin sein."

Er ging hinaus und kam mit einem Mädchen im Russenkittel wieder. Ihr schöner schwarzhaariger Knabenkopf sah düster drein. Sie stellte sich mißtrauisch in eine Ecke.

„Unser kleiner Sowjet-Apostel", stellte Donath vor, „schade, daß er nicht Herrn von Schlagintweit in die Arme gelaufen ist. Hier, liebe Elenka, finden Sie ein Musterbeispiel: Dieser junge Edelmann ist vom humanistischen Gymnasium nach dreiwöchentlicher Ausbildung noch gerade zwei oder drei Tage in den Weltkrieg gekommen, studiert Jurisprudenz, ist im Begriff, eine wichtige soziologische Dissertation abzufassen, und soll nun aus Mangel an zureichender

Monatsrente Agrarier werden, ein Opfer der alten Weltordnung. Können Sie ihn nicht in die Geheimnisse der Propaganda einweihen und nach Paris schikken lassen? Bitte behandeln Sie den Fall; ich will mich indessen endgültig anzuziehen versuchen."

„Gehören Sie schon unserer Partei an?" fragte Elenka ernst.

Einer Partei hatte Wendelin noch nie angehört. Er ließ sich, höflich zuhörend, unterrichten. Von dem, was er im Kolleg gehört hatte, wußte sie noch viel mehr und lehrte ihn Wege in die Zukunft. Sie sprach die wissenschaftlichen Worte und die schrecklichen politischen Abkürzungen mit klangvoller, tragender Stimme, als wären es Verse Hölderlins. Und er erlebte, daß Begeisterung eines jungen Menschenkindes mehr ist als jede Sache. Er war betrübt, als die kleine Eifererin gleich wieder fortwollte. Die Schwestern, die inzwischen nebenan einen Teetisch hergerichtet hatten, forderten sie vergebens auf zu bleiben. Sie mußte noch einmal in die Klinik, in der sie Assistentin war, hatte sich nur ein Buch von Donath leihen wollen. Das nahm sie aus dem Regal und verschwand.

„Oh, die müßte man zur Trägheit verführen", fand Magda, „das wäre eine lohnende Aufgabe."

Nach dem Tee mußte Donath die Billetts der beiden Schwestern, die heute nacht nach München fahren sollten, vom Reisebüro holen. Alle wollten ihn begleiten, aber er sagte: „In meinem kleinen Auto sind nur zweieinhalb Plätze. Komm du mit mir, Hannah, die beiden Kinder hüten so lange mein Haus."

Als sie allein waren, trat Magda vor den Spiegel und setzte einen bunten, dickgeflochtenen Strohhut auf.

„Sie wollen doch nicht fort?"

„Nein, ich probiere ihn nur, er will noch nicht recht passen. Mir steht alles erst, wenn ich es ein halbes Jahr getragen habe, und dann ist es unmodern."

Sie nahm den Hut wieder ab, und Wendelin, der zu ihr getreten war, sah auf ihrer Stirn das Strohgeflecht als zierliches Stickmuster eingezeichnet. Er machte sie bewundernd darauf aufmerksam:

„Auf meiner Haut ist jeder Eindruck gleich zu sehen." Sie preßte den Hut gegen ihren nackten Arm und zeigte die ästelnden Ornamente auf ihrem Fleisch. Er durfte, mußte die Stelle küssen.

Mit schräg geneigtem Kopf sah sie ihm dabei zu und zog dann sanft den Arm weg, legte sich auf den Diwan unter den beiden Wandleuchtern und erzählte von München.

Dort wäre es gut sein trotz aller Revolutionen und Putsche. In Schwabing gäbe es immer noch die kleine ländliche Pension. „Da wird nun bald die Iris blühen bei den Rhabarberbeeten, und man wird mit sorglosem Volk im Garten liegen und nicht immer an morgen und übermorgen denken wie hier. Man kann auch so leicht und schnell ein paar Tage aufs Land, an die Seen. Es gibt so viele Orte auf ‚ing' und auf ‚hausen', und überall ist eine Stille, eingeteilt von gut zusammenklingenden Tönen, Kuhglöckchen und Kirchenglocken, Stapfen eines Pferdchens, das von der Koppel bergab geführt wird, Zwitschern in Ästen, Gackern und Schnattern im Hof und bisweilen das Surren und Stampfen der kleinen Lokalbahn."

Ihm wurde fast schläfrig beim Zuhören. Er sah auf ihre Schuhe und Knöchel und erschrak beinahe, als Donath und Hannah wieder eintraten.

„Wir wollen früh essen gehen, damit wir hübsch beisammensitzen können, bis ihr zur Bahn müßt. Wir essen hier in der Nähe am Ufer, Hannah und ich fahren voraus, und ihr Kinder spaziert uns nach am Wasser entlang. Es ist nicht weit, faule kleine Magda, und du hast einen Kavalier, der dich stützt."

Im Laternendämmer gingen Wendelin und Magda unter den Kastanien. Sie zeigte zu den feuchtschimmernden Knospenhüllen empor, er sah auf ihre halboffenen Lippen. Sie sprachen wenig und eilten in schweigender Übereinkunft, um rascher an das dunkle Stück Gartenweg hinter der kleinen Fußgängerbrücke zu kommen. Sobald sie auf dem Sandweg bei den Trauerweiden waren, sanken sie sich in die Arme. Auch im Weitergehen hielten sie sich umfaßt und blieben oft stehen, um sich zu küssen. Sie sprachen kein Wort von Zukunft und Wiedersehen, flüsterten sich nur manchmal ihre Namen zu.

Als sie ins Helle traten, sahen sie Donaths kleines Auto vor der Tür des Restaurants.

VII

Sie fanden die beiden andern bei roter Tischlampe im äußersten Winkel des geräumigen Speisesaals. Als sie Platz nahmen, sagte Donath leise zu Wendelin: „Dort in der linken Ecke sitzt deine Maja in einer Gruppe von Film- und Bankdirektoren." Wendelin wollte sich unauffällig umdrehen, aber Donath flüsterte: „Wir wechseln die Plätze", und laut erklärte er: „Ich will auch einmal neben der Magda sitzen, ehe sie uns verläßt."

So kam Wendelin an die Wandseite neben Hannah und sah über Magdas geneigten Scheitel weg auf eine Gruppe von Herren und Damen, unter denen bisweilen das Gemmenköpfchen der früh gewonnenen und schnell verlorenen Freundin auftauchte. Es war recht verwirrend, Magda und Maja zugleich vor Augen zu haben, und so ließ er seine Blicke lieber auf Donaths befreundetem Gesicht verweilen, an dem eigentlich auch mehr zu sehen war als auf den blühenden Frauengesichtern. Das aschblonde, ein wenig kräuselnde Haar bekam im Lampenlicht und Widerschein des weißen Tischleinens und der silbernen Bestecke einen festlichen Schimmer, die Stirn ruhte wie ein schwingendes Gewölbe auf den starken, geraden Brauen, und von der kraftvollen Nase liefen zwei scharfe Falten zu den Mundwinkeln, von Willen und Erfahrung in das gütige Gesicht gegraben.

„Sie hat Karriere gemacht“, sagte Donath zu Wendelin, indem er ihm Wein einschenkte.

„Von wem sprecht ihr, wir sind neugierig.“

„Wir haben da eine Dame gesehen, die wir kannten, als sie noch nicht arriviert war. Damals als jüngstes und schönstes Mitglied eines Tanzensembles soll sie tugendhaft gewesen sein wie eine Akrobatin. Nur eine Liaison wurde ihr nachgesagt, mit einem sehr jungen Menschen. Die hat aber plötzlich aufgehört, als nämlich unser großmächtiger E. I. Eißner eingriff. Der machte sie aus einer Chortänzerin zur Solonummer oder genauer zur weiblichen Hälfte eines Tanzpaares, das winters in Großstädten und sommers in Badeorten auftritt.“

„Dies letzte wußte ich noch gar nicht“, sagte Wendelin.

„So wenig Interesse hast du schlechter Mensch?“

Magda unterbrach: „Donath, Sie müssen genauer erzählen. Warum hat sie mit dem Jungen gebrochen, und wie geriet sie in Eißners Gewalt?“

„Das ist eine sehr lehrreiche Geschichte, und die Hauptrolle spielt darin ein Wappenstuhl. Ich will gern erzählen, was ich davon weiß, und wo meine Wissenschaft aussetzt, kann mir vielleicht Wendelin einhelfen.“

Erst aber ließen sich die Schwestern die Heldin der Geschichte zeigen. Hannah fand sie „begeisternd“, Magda sah Wendelin fragend an, der verlegen lächelte.

„Nun bitte, wie war es mit dem Wappenstuhl?“ wandte sich Hannah an Donath.

„Ja, mit dem muß ich anfangen und demgemäß mit dem Manne, bei dem er auftauchte. Das ist kein geringerer als mein Geschäftsfreund, der rühmlich bekannte Antiquar Krotoschiner; von ihm habe ich einen Teil der Geschichte gehört, sozusagen von links. Es war in der vielbetrauerten seligen Inflationszeit, da saß Kollege Krotoschiner eines Tages auf dem einzigen unverkäuflichen Sitz seines Ladens zwischen einem pommerschen Schrank und einem Trentiner Tisch und sah geradeaus auf einen Wappenstuhl, der mit der Rückseite gegen einen hohen Spiegel stand und dadurch zwiefache Sicht und doppelte Betonung bekam. Krotoschiner ist ein wohlbeleibter Mann, und wenn er sitzt, wölbt sich unter der etwas eingefallenen Brust der Bauch besonders stattlich. Sein Schneider hat mit sicherem Takt die Weste so komponiert, daß sie in Magenhöhe eine milde Talmulde, eine Art Hochplateau bildet. In diesem Tal unter und über dem Abhang pflegen die beredten Hände des Trägers zu ruhen und sich zu regen. Dort lagen sie auch am Tage meiner Geschichte und bewegten sich monologisch, während Krotoschiners Blick in dem Spiegel und auf dem Wappenstuhl wohnte. Mit Wohlgefallen sah der Handelsmann dem Stuhl zu, wie er von Stunde zu Stunde teurer wurde. Er konnte das sehen, wie er vermutlich das Gras wachsen hört. Liebevoll betrachtete er immer wieder das blaue Einhorn des linken, die roten Türme des rechten Feldes, den Mantel und die Federn der Helmzier. Wenn ich zu ausführlich werde, bitte mich zur Sache zu rufen."

Er machte eine Pause, aß und trank.

„Zeitgemäß erzählst du gerade nicht“, sagte Hannah, „sondern mehr wie zur Zeit der Zeit, die noch Zeit hatte.“

Diese Wendung war vermutlich ein Zitat.

„Unterbrich ihn nicht. Wenn die andern Personen seiner Geschichte auch so genau behandelt werden wie Herr Krotoschiner, können wir ganz zufrieden sein“, sagte Magda mit einem Blick auf Wendelin, der schweigsam und ergeben in seinen Teller sah.

„Ob ich die andern so gut darstellen kann wie den famosen Händler, den ich armseliger Gentleman-Antiquar mit Schülereifer zu beobachten pflege, ist sehr zweifelhaft. Aber ich will es versuchen. Ich hebe wieder an. Prosit! – Krotoschiner saß, wie berichtet, und überließ einige unbedeutende Kundschaft im Vordergrunde des Ladens den beiden bedienenden Fräulein. Er erwachte erst aus seiner nachdenklichen Muße, als sich mit der leisen Frage: ‚Was kostet dieser Stuhl?‘ jemand über ihn neigte. Über diese allzu einfache Frage will er lächeln. Indem er aber, immer noch sitzen bleibend, zu dem Fragenden im Spiegel aufschaut, gefriert das beginnende Lächeln, und Krotoschiner erhebt sich. Vor ihm steht ein hochgewachsener Jüngling in einem charmant geschnittenen und gegürteten, aber durchaus nicht mehr neuen oder modernen Flauschmantel. Ein Gesicht von mädchenhafter Weiße, sehr kleine Ohren, rotblondes Haar, das im Halbdunkel des Ladens ‚lodert‘, um des Händlers eigenen Ausdruck zu gebrauchen. – ‚Herr Baron haben Interesse an diesem Objekt?‘ Instinktiv erriet er den Stand des jungen Mannes.“

„Das ist Wendelin“, rief Magda.

„Das habe ich schon beim Flauschmantel gemerkt“, sagte Hannah. „Was haben Sie denn mit dem Stuhl gewollt? Gedachten Sie schon damals, junger Mann bei Donath zu werden und das Einkaufen zu erlernen?“

„Wendelin soll noch nicht erzählen“, verlangte Magda. „Erst wenn Donath nicht weiterweiß, kommt er dran. So ist es spannender.“

„Besagter junger Mann“, fuhr Donath fort, „soll geantwortet haben: ‚Ich möchte dies Familienstück für meine Verwandten zurückerwerben.‘ – ‚Dieser Stuhl gehört nicht zu den Gegenständen, die ich leichter Hand weggebe‘ – das wurde langsam, mit erworbener Feinheit vorgebracht, und die Hände suchten in der Luft vergeblich nach der Westenmulde – ‚aber Ihnen gegenüber, Herr Baron, fühle ich mich zu besonderem Entgegenkommen verpflichtet!‘ Er flüsterte einen Dollarpreis, und der junge Herr gab seine Adresse an: Unter den Linden.“

„Ja, diese Adresse!“ unterbrach Hannah. „Sie müssen ja fürstlich wohnen. Warum laden Sie uns eigentlich nie ein?“

„Seine Räumlichkeiten sind beschränkt“, wehrte Donath ab, während Wendelin rot oder vielmehr rosa wurde. „Jedenfalls hat er eine sehr vertrauenerweckende Visitenkarte. Das fühlte auch Krotoschiner, den überhaupt die helle Erscheinung in seinem Ladendunkel sehr entzückte, er konnte aber, als er die Karte entgegennahm, nicht umhin, dem Herrn Baron zu versichern, wenn unvorhergesehene Umstände zu einem Wiederverkauf nötigen sollten, sei das Doppelte, ja das Dreifache des Kaufpreises zu erzielen.

Nun kommt meine Geschichte von rechts. Unser aller Freund und Beschützer, der das große Haus seines Vaters weiter leitend sich zugleich für schöne Wissenschaften, Künste und Frauen interessiert, E. I. Eißner, wurde, wie ich festgestellt habe, am gleichen Tage zweimal dicht hintereinander von zweien antelephoniert, die sonst wohl allerlei, aber in dieser Sache nichts voneinander wußten. Erst telephonierte Wendelin, hier sitzt er, der raffinierte Kaufmann: ‚Hallo, cher ami! Ich habe ein fabelhaftes Stück für Ihre Kollektion entdeckt, einen Wappenstuhl, schweres Eichenholz, Barock. Den müssen Sie kaufen. Heut bekomme ich ihn noch für zweihundert Dollar, die muß ich aber sofort haben, sonst wird er teurer.' Und gleich darauf meldete sich ein holdes Stimmchen: ‚Mein lieber Herr Eißner, heut abend paßt es mir endlich. Holen Sie mich vom Theater ab. Um elf bin ich abgeschminkt. Soll ich die Ellen Toell mitbringen? Nein? Ich dachte, die wäre Ihr Schwarm. Gut. Allein. Abgemacht.'

Dies telephonierte das Fräulein, das da drüben sitzt.

Am Abend gab es dann ein reizendes Souper. Anfangs war die schöne Maja etwas blaß und ängstlich, so daß Eißner ihr versichern mußte, sie brauche von ihm nichts zu fürchten, er sei ein väterlicher Freund. ‚Das ist es nicht', sagte sie, ‚aber –' ‚Nun, was denn?' Er schenkte ihr Sekt ein. Sie trank sich Mut und bekannte: ‚Ich habe ein Anliegen. Ich wollte Sie um fünfzig Dollar bitten, die ich in einiger Zeit bestimmt wiedergeben kann.' – ‚Und das bedrückt Sie, liebes Kind?' Er zog sein Scheckbuch. Da schluckte sie hinunter wie ein Schulkind bei einer schweren Examenfrage und bat, ob sie es nicht in bar haben könne. Da müßte sie ihm schon das Vergnügen machen, noch einen späten Likör an seinem Kamin zu trinken, er habe keine Devisen bei sich. Er hat mir versichert, daß er sich weiter nichts dabei dachte, und sie kam auch vertrauensvoll mit. Gleich führte er sie ins Arbeitszimmer und nahm die Noten aus dem Schreibtisch.

Als er dann seinen zarten Gast ins Speisezimmer hinübergeleitete, kam ihm im Vorraum sein alter Diener entgegen und hatte ihm flüsternd ein paar wichtige Bestellungen auszurichten, derentwegen er wach geblieben war. Zuletzt sagte er: ‚Es ist ein Stuhl geschickt worden von Herrn von Domrau, ich habe ihn im Speisezimmer an den Kamin gestellt.' Ob Maja den geflüsterten Namen verstanden, wußte Eißner nicht zu sagen. Als er aber mit ihr vor dem Kamin stand, überhörte sie seine Frage, ob sie lieber Kognak oder Sherry Brandy wolle, sie blickte auf den Stuhl und besah genau das Wappen, das ihr nicht unbekannt zu sein schien. Eißner mußte seine Frage wiederholen. ‚Bitte Sherry', sagte sie, ohne die Augen von dem Wappen zu wenden. ‚Der gefällt Ihnen wohl, wollen Sie nicht darauf Platz nehmen?' fragte Eißner verwundert und ahnungsvoll. Maja saß seltsam starr da, ihre Arme lagen auf den Lehnen und sie ließ sich, ohne eine Hand zu rühren, von Eißner das Glas an die Lippen führen.

Da sie immer noch unbewegt blieb, küßte er lange ihre Hand und den Arm, was sie geduldig geschehen ließ. Dann schleppte er Diwankissen herbei, um sie weicher zu setzen, zu betten. Er war wie hypnotisiert von ihrer stummen Widerstandslosigkeit. Alles kam so schnell, daß sein Gefühl kaum der Tatkraft folgen konnte.

Als sie später aufbrach, fragte der dankbar Gerührte, ob sie nicht ein kleines Andenken mitnehmen wolle, und er zeigte auf die nächste Vitrine. ‚Ich möchte ein großes', sagte sie in festem Ton. ‚Schenken Sie mir diesen Stuhl.' ‚Von Herzen gern', sagte er und bat sie, ihm zu erlauben, bisweilen auf eben diesem Stuhl an ihrem Tische sitzen zu dürfen. ‚So oft Sie Lust haben.'

Er war ganz hingerissen. Er hat mir versichert, daß er sich zehn Jahre jünger gefühlt habe. Es sei überhaupt ein großer Tag in seinem Leben gewesen; am selben Abend habe er an die geschrieben, die bald darauf seine Frau wurde, und auf diesen Brief sei ihre entscheidende Antwort erfolgt."

„Seine Frau?" meinte Hannah. „Ist das nicht eine Baroneß Domrau und Ihre Kusine, Wendelin?"

„Ja, Donath hat sie in seiner Geschichte ganz ausgelassen."

„Ich habe nur von rechts und links erzählt, nun mußt du aus der Mitte berichten."

„Muß ich?"

„Sie müssen", befahl Magda streng.

„Ich mache aber eine recht klägliche Figur."

„Das glauben wir nicht", rief Hannah. „Versuchen Sie nur zu gestehen."

„Ich kann aber nicht so anmutig erzählen wie Donath."

„Anmutig erzählen? Beichten sollen Sie Sünder."

Da begann Wendelin und sah dabei Magda an, als habe er nur ihr zu bekennen.

„Das war ein trübseliger Novembermorgen. Ich stand spät und verdrossen auf und fand unter den Briefen, die mir die Pensionsmutter durch die Tür geschoben hatte, eine Einladung zur Roten Jagd nach Schilleninken von den Schröders, die das Gut von Jutta und ihren Geschwistern gekauft haben und bei denen Jutta lebte. Da sah ich mir im Schrank meine Sachen an und konstatierte, daß der Frack und der rote Rock noch gut genug waren, aber mir fehlten die weißen Breeches, die Mütze und vor allem die richtigen hohen Lackstiefel. Und meine Perle für das Frackhemd hatte ich noch immer nicht eingelöst. Perlmutter, das ging doch nicht. Ihr lacht, aber bei den Schröders ist natürlich alles noch viel korrekter als bei Verwandten. Sie halten an allen alten Bräuchen fest, und wie sie im Schloß selbst keine Neuerung eingeführt haben – noch immer kein elektrisches Licht, noch immer die Kerzen, bei deren Schein die alten daheimgebliebenen Diener die Gäste die Freitreppe hinaufführen –, so muß auch bei der Jagd alles stilgerecht hergehen, dafür war ich mit verantwortlich. Kurzum, ich sah, es war nicht möglich, lief verdrossen von Hause fort, mochte nicht in die Vorlesung, trieb durch die Straßen, sah beim großen Maßschuster ein Paar herrliche Reitstiefel, fluchte und ging weiter. Mit einmal stand ich vor Krotoschiners Laden, trat ohne besondere Absicht ein und ging zwischen den Sesseln, Kandelabern und falschen alten Meistern umher, bis ich plötzlich den Wappenstuhl sah mit Einhorn und Türmen, auf dem ich als Kind mit Jutta zusammengesessen war. Den hatten also die armen Basen verkaufen müssen. Das schien mir unerträglich. Jutta muß ihn wiederhaben, dachte ich. Das Weitere wißt ihr. Als ich dann vor dem Laden stand, mußte ich mir vor allem Geld verschaffen. Ich lief zu der Maja und erzählte ihr. Sie bot an, mir zu leihen, was mir fehle. Damals war sie gerade reich, ihr Bruder besaß ein Bauerngut, und die Schwester hatte einen Kolonialwarenhändler geheiratet, der täglich wohlhabender wurde. Ich dachte, sie bekäme das Geld von den Geschwistern, die sie als Jüngstes immer sehr verwöhnten. Wie konnte ich ahnen, daß sie sich vor ihnen genieren und an Eißner wenden würde?"

„Aber warum hast du dich dann selbst an Eißner gewandt?" fragte Donath.

„Ach, muß ich das auch erzählen?"

„Gerade das", verlangte Magda.

„Ich Armer. Als ich wieder heimkam, fand ich einen Brief von meiner Kusine."

„Von Jutta, der Hauptperson, die Sie uns unterschlagen wollen", sagte Hannah.

„Sie schrieb, ich solle auf alle Fälle nach Schilleninken kommen."

„So, so, warum denn?“

„Quäl ihn nicht“, wehrte Magda der Schwester. „Sie wollte es eben.“

„Ja, sie wollte, und nun mußte ich mir schnell die Sachen anschaffen.“

„Aha“, sagte Donath, „da hast du an Eißner telephoniert. Aber warum hast du ihn denn nicht einfach angepumpt?“

„Dann hätte ich ihm von Schilleninken und Jutta erzählen müssen, und das – ging nicht. Habe ich nun genug gebeichtet?“

Magda wollte noch wissen, wie es bei der Kusine war.

„Die Rote Jagd verlief durchaus zu Schröders Zufriedenheit.“

„Und als Sie mit ihr allein waren?“

„Ich saß bei ihr im Belvedere, und meine neue schwarzsamtene Mütze lag auf einem Stuhl, dessen Lehne dasselbe Wappen schmückte wie die des Stuhles bei Krotoschiner. ‚Da siehst du den alten Stuhl an‘, sagte Jutta, ‚und wunderst dich, daß er so allein am Kamin steht. Sein Pendant haben wir leider verkaufen müssen, damals. Wenn ich nun E. I. Eißners Antrag annehme – gerade heute hat er mir wieder geschrieben –, dann könnte ich doch zum Beispiel auch den schmählich Verschacherten wieder kaufen. Was hast du eigentlich gegen diese Ehe?‘“ –

„Oh, Wendelin“, sagte Donath, „ich errate dich, da hast du gedacht: Es ist Schicksal, ich habe diese Ehe selbst gestiftet, als ich telephonierte. – Hat denn deine Jutta ihren Ahnensitz wiederbekommen?“

„Nein, den hat die Maja behalten, sie hat mich selbst noch einmal draufgesetzt und mir dabei den Abschied gegeben."

„Eißner triumphiert!" sagte Donath. „Er hat nun sein adlig Gemahl auf dem einen und seine Kebse auf dem andern Wappenstuhl. Aber wer weiß, vielleicht lieben sie alle beide noch dich."

„Sicher", sagte Hannah, „die Kleine sieht viel herüber."

„Wen haben Sie mehr geliebt, die Kusine oder die Tänzerin?" fragte Magda stirnrunzelnd.

Wendelin faßte nach ihrer Hand und küßte sie. „Ich habe gebeichtet. Bekomme ich nun endlich Absolution?"

„Hier hast du sie, du Page, du Cherubin", sagte Donath, „du Hans im Glück, der nichts behält. Aber wer beichtet, muß auch Buße tun. Und zur Buße lassen wir dich jetzt allein mit deinem verlorenen Liebchen. Ich an deiner Stelle würde zusehn, wie ich sie sprechen könnte. Vielleicht kommt sie selbst zu dir an den Tisch. So lange wird sie doch nicht grollen. Wenn es nichts wird, komm später zu mir. Habe ich unsere lieben Schwestern an die Bahn gebracht, geh ich nach Haus; hoffentlich findest du mich allein, und wir können von all deinen Plänen reden."

Da saß Wendelin nun wie ein Jüngstes und Kleinstes auf dem Spielplatz, dem die Älteren, Schnelleren weggelaufen sind.

Er nahm eine Zeitung, nicht um zu lesen, sondern um darüber hin nach der Maja zu schauen. Hatte sie genickt? Jetzt lächelte sie, aber vielleicht nicht für ihn!

Drüben standen alle auf. Maja blieb vor dem Spiegel und puderte langsam ihre Nase. Unter den langen, seidenen Wimpern schielte sie ungefähr in seine Richtung. Es waren nur zehn Schritt bis zu ihr. Er konnte nicht. Mit einer energischen Schulterbewegung wandte sie sich jetzt zu der Gruppe ihrer Freunde.

„Ach, wie schwach bin ich", dachte Wendelin, „und so einer wie ich soll eine Karola entführen!" –

Er saß noch eine Weile und versuchte, gegen alle seine Gewohnheiten, Zeitung zu lesen.

VIII

Die fünf Mann der Kapelle haben Bierseidel vor sich und spielen ein Potpourri zur Wechselpolka. Unter den Papiergirlanden, Eichenlaub und Rosen, dreht sich der Reigen um die dicke Tanzleiterin im Feuerwehrhelm, die mit energischer Adlernase die Paare dirigiert. Unter den Kavalieren sind nur wenige Männer. Aber die weiblichen Kavaliere bezeugen eine gewisse herrische Energie. Sooft die Melodie wechselt, klatscht der Feuerwehrmann in die Hände, und jeder Herr gibt seine Dame an den nächsten weiter, wobei gut aufgepaßt wird, daß keine Verwechslungen vorkommen. Es gibt immer Individualisten, die versuchen, die strengen Regeln zu durchbrechen.

Als die Paare wieder zu den Tischen zurückströmen, auf denen Kaffeetassen und Spritzkuchen warten, hat die knochige Spanierin im Sombrero alle Hände voll zu tun. Die Billetts zum Osterkränzchen im „Rittersaal" werden ihr fortgerissen, und sie soll doch nur noch zwanzig vergeben. Aber die Dicke im Brillantschmuck vorn auf der Estrade – sie hat, sagt man, ein Kleiderverleihgeschäft und möblierte Zimmer – winkt sie heran. Sie muß die kleinen Freundinnen ihres Günstlings versorgen, die sie umdrängen. Trotzköpfchen sitzt im Babyhänger auf ihrem Schoß und bittet schmollig: „Ach, gib mir noch mehr Nährzwieback."

Gegenüber in der Saalecke ist ein Tumult um die Pastorentochter im hellblauen Ballkleid, die schon vorhin beim Tanz Streit hatte. Sie schluchzt in die mageren, kläglich nackten Arme, die auf der bunten Kaffeedecke liegen. Als die Polin mit den grünen Katzenaugen sie geärgert zu beruhigen versucht, zerrt sie einen Ring vom Finger und wirft ihn der Treulosen vor die Füße. Das Wesen von der Kasse kommt, die Zigarre in der Hand, quer durch den Saal, um Ruhe zu stiften. Weiblich erscheinen an diesem Geschöpf nur die hellgelben Schnürstiefel in kleinster Damengröße.

Karola und Fancy tanzten den langsam schreitenden und schmiegenden Java, zu dem einige Stimmen den zärtlichen Text sangen. Fancy lachte mit leuchtenden Zähnen den Vorübergleitenden und ihrer Partnerin zu. Sie legte ihre beiden Arme um den Hals: „So ein geblümtes Kränzchen, das ist das Wahre für mich." Karola führte und streichelte dabei zaghaft den Rücken, dessen geschmeidige Bewegungen sie unter ihren Fingern fühlte. Das kam ihr ein wenig lächerlich vor, aber sie gab sich Mühe, es den andern gleichzutun.

Als der Tanz zu Ende war, näherte sich ein weiblicher Cowboy den beiden und machte vor Freo eine tiefe Verbeugung: „Darf ich das gnädige Fräulein um den nächsten Tanz bitten?" Sie wäre lieber mit Karola geblieben, fürchtete aber, gegen die Gebräuche zu verstoßen, und ließ sich von dem Cowboy entführen.

Allein ging Karola durch den Saal, fühlte schmachtende Blicke auf sich ruhen, war aber befangen, weil sie nicht wußte, welche Fähigkeiten man ihr zutraue. So kam sie, während der neue Tanz begann, an das andere Ende des Saales. Da wurde sie beim Namen gerufen und sah aufblickend Margot und Mister Russell.

„Ich weihe deinen unerfahrenen Pensionär in die Geheimnisse von Berlin ein. Wir waren bereits in einigen ähnlichen Vergnügungsstätten und werden bald noch andere aufsuchen, denn hier bleibe ich nicht lange, das ist zu kläglich. Diese Köchinnen mit ungestillten Begierden, diese alten Jungfern, die ihren ledigen Unwillen kurieren, speckige Mütter und eckige Garçonnen – da war es vorhin bei den entsprechenden Knaben unterhaltender, nicht wahr, Mister Russell?“

„Man hat leicht ein zu hartes Urteil über das eigene Geschlecht, Miß Margot.“

„Sie Heuchler! Ihnen hat es bei den Jünglingen auch besser behagt. – Mit wem bist du denn hier?“

Karola forderte die beiden auf, mit an Eißners Tisch herüberzukommen.

„Gut“, sagte Margot, „da lernt unser Zögling einmal ein paar andre Gesichter kennen als die seiner faden Gotha-Insassen und Kommissionseuropäer.“

„Ich habe heute schon viel erlebt“, sagte er, „seit Ihr kleiner Erwin über meinen mixed pickles und seinem Süppchen das Tischgebet gesprochen hat.“

An Eißners Tisch gab es Sekt, worüber Margot eine ironische Bemerkung machte. Zwischen diesen beiden bestand eine Spannung, seit Eißner Margots Äußerung hinterbracht worden war: „Er würde gern eine Million geben, um mir einmal auf meiner alten Kohlenkiste allein gegenüberzusitzen." Er drehte ihr, wie zur Entschuldigung, das Etikett der Flasche zu. Darauf stand ein deutscher Märchenname.

„Um so schlimmer", sagte Margot und setzte sich zwischen den Balten und den Conférencier. Dieser machte sie auf ein paar bekannte Gesichter an den nächsten Tischen aufmerksam. Die kleine Blasse dort im hochgeschlossenen Samtkleid war die berühmte Tragödin von vor zehn Jahren. Gerade hob sie mit einer milden Geste der Entsagung die Hand, da ihre beiden Gefährtinnen, ein schmales Persönchen und eine große Brünette im Herrenmantel, sich erhoben, um miteinander zu tanzen.

„Ich hätte sie kaum wiedererkannt", sagte der Balte, „dabei schwärmte ich in jungen Jahren für sie; sie galt aber für unnahbar."

„Kein Wunder", meckerte der Conférencier. „Aber nun schaut's mal nach rechts, da haben wir unsern Brettlstar, unsern Gamin mit seiner Trauten." Der Gamin im Reisesweater streichelte der Nachbarin, deren Reize eine richtige Ballrobe preisgab, zärtlich die fette weiße Hand. Ihr Blick begegnete dem Gruß des Conférenciers, den sie mit kurzem Schulterruck erwiderte; dabei setzte sie ihr berühmtes spitzmäuliges Bubengesicht auf.

„Was nützt mir der Einblick in das ungewöhnliche Privatleben einiger Zelebritäten. Erscheinungen wie der Wandervogel dort drüben mit den Holzperlen im Schmierhaar nehmen mir alle Fassung." Margot erhob sich, legte ihre Hand auf Russells Arm und sagte: „Wir gehn."

Aber auch die andern waren bereit, etwas Besseres zu finden. Nur die Freo protestierte.

„Laßt Karola und mich noch ein Weilchen tanzen, wir treffen uns alle um Mitternacht im Kabarett."

Margot nahm Karola beiseite: „Ich will dir nicht ins Spiel spähen, aber was hast du mit Wendelin?"

„Ich?"

„Warum nimmst du mir dieses Kind weg? Gestern den ganzen Abend. Und heute – heut warst du bei ihm, gestehe."

„Aber, Margot, ich habe ja nicht geahnt, daß du interessiert bist."

„Es gibt auch nichts zu ahnen. Ich hätte es selbst nicht gedacht. Es geht sonst niemanden etwas an, aber wir sind doch Freundinnen. – Ich habe mit deinem Engländer getrunken. Das macht meinen Kopf klar. Ich möchte das in Ordnung bringen zwischen dir und mir. Was hat er denn mit dir getrieben, der Bursche?"

„Er hat mir eine Reisebeschreibung gemacht."

Margot sah sie scharf und ungläubig an. Dann schritt sie den andern nach durch die Tür, über der grün umrahmt „Herzlich willkommen" stand.

IX

Wendelin stand auf der Brücke und sah übers Geländer. Streifen von Mond- und Laternenlicht glitten auf dem Kanal. Er glaubte im Wasser seinen Schatten zu sehen, Hut, Schultern und Umriß eines düsteren Gesichts. „Ach, wegwerfen das kaum begonnene, das Leben?“ Ihm war so alt zumute und heimatlos. War er denn wirklich dieser junge Zimmermieter und Student, dieser Kost- und Schlafgänger von Berlin? Lag er nicht längst in einer Familiengruft oder unter alten Kirchenfliesen? Wo kam er jetzt noch her?

Von der ersten Kinderzeit wußte er nur noch Bäume und Rasen eines Parkes in Hannover, die sich aber längst mit Bäumen und Rasen anderer Parks vermischt hatten. Der Name war ihm geblieben, schön und unverständlich: Eilriede. Dann kam das Berliner Schulknabenzimmer und die Hoffnung, auch bald ein Leben in fernen Ländern zu führen wie der Vater. Er ließ sich gar nicht auf viel Heimat ein, und die Güter der Vetternschaft im nahen und ferneren Osten waren nur Ferienglück. Als er seine ersten lateinischen Vokabeln lernte, starb der Vater, und als er vierzehn Jahre alt war, verschloß der Krieg die fremden Länder.

Aber warum war denn heute die viele schöne Gegenwart mit Freunden und Frauen wie verloren? Er brauchte ja nur zu dem Gegenwärtigsten von allen, zu Donath, zu gehen, der ihm helfen konnte, der ihn liebte, nicht so unbegreiflich und grundsätzlich wie Clemens, nicht so schicksalhaft wie Karola. Karola – hätte er sie doch nicht fortgelassen, wäre sie doch gleich mit ihm weggereist, ohne Plan und Gepäck hinein in das Verhängnis! „Ich muß zu ihr, ich muß Entscheidung haben." Keine hundert Schritt von hier war ihr Zimmer, und wenn sie auch gesagt hatte, sie werde ihn erst morgen wiedersehen, sie erwartete vielleicht von ihm, daß er sich nicht gedulde, daß er einfach komme.

Er ging in das Restaurant zurück und telephonierte.

Odas Stimme: „Wendelin, eben hat Eißner bei uns angefragt, ob wir wüßten, wo du bist. Du sollst zu den andern. Komm doch gleich herauf, Karola wird dich abholen."

„Wo ist sie denn?"

„Sie ist mit Eißner –"

„Mit Eißner?"

„Ja, und mit vielen andern. Komm schnell, ich mache dir auf."

Karola mit Eißner! Ihm war grausig. Er hatte gedacht, sie läge in ihrem Zimmer und wartete auf ihn.

Durch die Glasscheibe der Haustür sah er ein helles Pünktchen herniederkommen wie ein Irrlicht, und dann erschien Oda mit der Kerze. Wie rührend und eigen sie war in dem weichfaltigen Hauskleid, gebrechlich und üppig zugleich, nicht straff und geschmeidig wie Karola und Margot, nicht träg verlokkend wie Magda. Während sie, am Treppengeländer tastend, Kerze und Profil ihm zugewandt, vor ihm ging, mußte er an seine kleine Mutter denken und hatte Lust, das weiche Wesen da in seine Arme zu nehmen und hinaufzutragen, wie er es manchmal mit der Mutter auf der Freitreppe im Haus des Onkels getan hatte. Er fragte sie nicht weiter nach Karola, sondern nur nach dem Erwin und ihren Puppen, und als sie in die Wohnung traten, war er fast betrübt, daß sie ihn gleich zu Clemens führte und beide allein ließ.

Im langen Schlafrock erhob sich Clemens, überließ dem Wendelin seinen Sitz am Schreibtisch und stellte sich an den Ofen.

Wendelin sah vor sich den Homer aufgeschlagen und daneben ein Schulheft.

„Du übersetzt?"

„Das ist zu viel gesagt, ich denke nach und notiere Möglichkeiten. In der alten Welt gab es etwas, das hieß Gewicht der Worte. Die Längen und Kürzen wurden bestimmt durch eine Schwere oder Leichtheit. Quantität war ein Gesetz. Heut ist ihre Beachtung nur noch fakultativ wie vieles, was einst Prinzip war; wir zählen und betonen. Das Ablösbare, Zahl und Bedeutung, hat das leibliche Wesen verdrängt. Ich denke manchmal, es wäre besser um uns bestellt, wenn wir noch Quantität der Silben hätten, nicht nur um unsere Verse, sondern auch um Staat und Kirche und Volkswirtschaft, ja sogar um die privaten Gefühle. Ich habe nie verstehen können, daß das Wort ein leerer Schall sei. Füllt nicht jeder Schall? Ein Zauber ist das Wort, und wer eines zitiert, sollte sich der Gefahr und Gnade bewußt sein. Zitieren heißt Geister beschwören. Siehst du, nun sitze ich hier und will das Unwägbare wägen, scheingläubig, wie es dem Lehrling der Heiden geziemt."

„Kannst du nicht auch mir wägen und wählen helfen?"

„Was denn?"

„Meine Fähigkeiten und Chancen für einen Beruf."

„Dein Beruf ist, schön zu sein. Damit ist alles gesagt. Die Schönen sind zugleich die Guten, oder die Welt wird immer wieder ein armer Zank zwischen dem braven Gott und dem schlimmen Teufel, ein immer wieder abgebüßter Sündenfall. Schön sein ist eine Gabe. Jede Gabe ist eine Aufgabe. Schönheit ist auch Verzicht und kann Opfer werden. Täglich mußt du dich für sie zusammennehmen und gehenlassen, leicht und fest, wie der Starke seine Muskeln lockert und spannt. Aushalten mußt du es, geliebt zu werden. Du mußt die Bildsäulengeduld der Götter haben und kindliche Demut. Immer arm mußt du sein, weil du immer alles gibst, immer reich, weil alle immer von dir haben wollen. Du darfst nur zu den Menschen gehn, wenn du beglücken kannst, denn du bist ihnen ein erlesenes Fest, oder du bist nichts. Laß dich schaffen von ihnen, die andern sind klüger, dich erbauen wie ein Heiligtum, dein Geist ist nur deines Leibes Tempelhüter. – Mein liebes Kind, wenn du wüßtest, wie einfach und nüchtern alles ist, was ich dir kompliziert und pathetisch auszudrücken scheine, würdest du nicht so erschrocken dreinschauen. Du wunderst dich vielleicht, daß ich dir früher nie so etwas gesagt habe. Es war noch nicht nötig, erst jetzt bist du in Gefahr. Bisher konntest du, was man dir brachte, hinnehmen und zurückschenken, reicher, als du es bekamst. Jetzt aber ist ein Wesen in dein Leben getreten, das dich bedroht, weil es besitzen und besessen sein will, gib acht, gleich wird alles um dich her Besitz und Besessenheit.

Nach deinem Beruf fragst du. Dein Beruf ist, nichts zu haben für dich, nicht einmal dich selbst. Ein Königs- oder Kirchenlehen ist aller adlige Besitz. Der echte Edelmann gehört seinem Hörigen, wie der Befehlende dem gehört, der das Befohlene tut. Einen Beruf wählen? Du hast nicht zu wählen, du bist erwählt. Berufswahl – wo las ich doch zuletzt dies törichte Wort? Richtig, auf einer Zigarrenkiste. Es ist eine billige Sorte. Ich erinnere mich auch, wer die Kiste öffnete und von Berufswahl anbot. Es war ein Müllkutscher, den ich vor seinem Wagen auf der Straße traf. Er war mit mir in dem Allerweltskriege zusammen auf einer Landsturmwache gewesen und freute sich über das Wiedersehn. Er fragte, wie es mir gehe, was ich verdiene; ihm ging es gut, er konnte mir eine Zigarre anbieten aus seiner Kiste ‚Berufswahl unsortiert'.

Solltest du etwa mit Beruf einfach Geldverdienen meinen, so wirst du wohl bessere Berater finden als mich. Ich bin ein Beamter und werde vom Staate dafür bezahlt, daß ich aus jungen Menschen Philologiekandidaten mache. Es fragt sich, ob ich meinen Posten gut ausfülle, ich erzähle meinen Schülern zu viel von Dingen, die sie nicht zum Examen brauchen; zu einem Ordinariat werde ich es höchstens durch Anciennität bringen. Zum Glück gibt es noch ein paar Wohlhabende, die mir ihre Kinder zu Nachhilfestunden anvertrauen. Ich verdiene nicht viel; da ich aber keinen Hecktaler finde, habe ich beschlossen, das Leben zu genießen.“

„Genießen?“

„Ich fand einmal auf einem Abreißkalender den Spruch: ‚Genieße froh, was du nicht hast.‘ Diese Fassung war vermutlich durch Auslassen einer verständigen Mitte entstanden, es sei denn, daß da jemand schon so witzig war, wie ich gewitzt werden sollte. Seit ich diese Moral aufgefaßt habe, kann mir die Armut nichts mehr antun. Ich brauche nicht in Läden zu treten, mir genügen Schaufenster, Auslagen, die riesigen Stilleben von Würsten und Weintrauben, rosa Lachs, Melonen und Bananen, gespreitete Stoffe, schlängelnde Krawatten, schmiegende Pelze, lastende Lederjacken. Mir genügt das Schauspiel der Aus- und Eingänge. Drehtüren schaufeln mir Diplomaten und Herzoginnen, junge Boxer und Dollartöchter zu. Ich brauche nicht in den großen historischen Film zu gehen, mir genügen die Renaissancebausche, Koller und Trikots der bunten Bilder am Eingang. Reklamen an Hinterhauswänden längs der Stadtbahn, in Wartehallen und auf Glasscheiben der Untergrundwagen, Titel, Aufschriften, Gebrauchsanweisungen, Abkürzungen, da hast du ja das ganze Gegenwartsleben, ablesen kannst du es im Vorübergehn, brauchst nichts anzufassen, es zerfiele dir doch nur in den Händen zu grauer Asche der Vergangenheit. Nimm nichts, sonst mußt du es wegwerfen wie neulich der rasend gewordene Dielenbesitzer, der allen Schmuck seiner Geliebten, Perlen, Ohrringe, brillantenbesetzte Uhren, in großem Bogen, Stück um Stück, in den Kanal warf."

„Du bist schon frei, Clemens, schon jenseits. Aber ich –"

„Nicht jenseits, ich bin mittendrin, nur weiß ich, daß alles Gegebene schon Erinnerung ist; darüber zu trauern oder zu frohlocken, bleibt uns überlassen, aber wir müssen es hinnehmen und können es genießen. Auch du! Geh doch um die Dämmerzeit durch die Straßen, sieh die blassen heimkehrenden Geschäftsmädchen, Burschen, die nebeneinander radeln und dabei ihre Arme kreuzen, Kinder beim letzten seligen Spiel, ehe sie ins Haus gerufen werden. Spüre das Abendfieber der wunderlich kleinstädtischen Großstadt in dem späten Rot hinter den Hochbahnbögen. Lerne spielend das Grausen von Inschriften an Hauseingängen: Zimmer für Tage, Monate und Wochen, Institut für funktionelle und seelische Störungen, Suggestion von zehn bis sechs, Haarwuchs, Lebensversicherung, Beinleiden, Frachtverwertung, Höhensonne in Kräuterbädern, Seitenflügel rechts, giftfreies Verfahren, Leichentransport an alle Orte der Welt, Preßluft, Briefmarkenexpertise, Müllereibedarf. Ist das nicht Quintessenz? Geh in die Vorstädte, sieh Väter säen neben dünnen Lauben, Kinder auf braunem Sand. Geh mit Bahnsteigbillett zu den Fernzügen: Wieviel Pracht und Elend und Schicksal von Warschau nach Paris, von Stockholm nach Rom. Und die Züge mit Ferienkindern, am Fenster die mageren Girlanden der Ärmchen. Rede berlinisch mit Trambahnschaffnern über Politik und Gewerkschaften, geh in die Abendversammlungen der Heilsarmee. Das Leben ist überall für dich da, gratis zu jeder Tageszeit, nur laß dich nicht ein, genieße alles, besitze nichts. Besitz beraubt."

„Wenn ich aber liebe, begehr ich doch. Wie kann man lieben, ohne besitzen zu wollen?"

„Du fragst erschütternd. Ist hier meine Schwäche? Ich habe es wohl nie begriffen, daß zum Lieben Besitzen gehört. Da müßte man sich ja das geliebte Wesen aneignen und also enteignen, und was man mit sich vereint, das ändert man. Ich aber möchte alles erhalten, wie es mir erst erschien."

Er lächelte etwas verlegen. „Karola sagt, ich sei im Tiefsten träge. Jede Möbelumstellung im Zimmer, auch die sinnvollste, ist mir schmerzlich. Und sie selbst richtet alle Vierteljahr eine andre Dame in ihren Räumen ein. Ich habe langsam alle die neuen Frauen, in die sie sich verwandelte, nachgelernt, meine Liebe trottet hinterdrein, aber sie eignet nicht an. Erst hat Karola es mir leicht oder doch selbstverständlich gemacht, sie zu lieben. Sie kam zu mir in einer Schar von jungem Volk, das ein freundliches Vergnügen daran hatte, meine Stille zu überfallen. Aber während mich die andern mehr als wunderlichen Einsiedler behandelten, hatte sie in Blick und Gebärde eine Vertrautheit mit mir und meiner Welt, die mich überraschte. Trotzdem fiel es mir nicht ein, sie allein zu mir zu bitten. Da führte sie eines Tages Zufall oder vielleicht Absicht ohne die andern her, und dann kam sie oft. Als sie einmal ausblieb, war mir der Gedanke unerträglich, es könne eine Zeit kommen, da ich nicht mehr in den seltsamen Zusammenklang von dunkelblonder Haut und mattblondem Haar, nicht mehr den großaushaltenden Blick der Augen, nicht mehr die milde und trotzige Wucht der geraden und wunderbar abgerundeten Nase mit den kleinen Nüstern sehen sollte. Das begreifst du?"

„Sehr", sagte Wendelin und hatte das Gefühl, daß auch er nie von Karola lassen könne.

„Obwohl ich wußte, daß sie viele Freunde hatte, die sicher für Liebe und Ehe geeigneter waren als ich, obwohl alle Umstände und Verhältnisse eher ungünstig waren, sagte ich ihr einmal in dem ruhigen Ton all unserer Gespräche – wie sollte ich auch einen andern finden? –, ich könne mich nicht von ihr trennen, worüber sie sich gar nicht wunderte. Schon zwei Monate nach diesem merkwürdigen Morgengespräch saßen wir Hand in Hand in dem schönen Vorderzimmer, dort, wo jetzt ein fremder Mann wohnt. Wir blieben Tag und Nacht zusammen, manchmal ist sie sogar in mein Kolleg gekommen. Ich arbeitete viel besser, wenn sie nahe bei meinem Tisch auf dem Diwan lag, es war stiller im Zimmer. Es kam die Zeit, da sie ihre Kleider ändern mußte. Sie war herrlich anzusehn in einer Brokatweste und weitem Rock. Sie trug große altertümliche Ohrringe. Wie eine Zarin war sie, die ihr Fürstenkind erwartet. Ich bekam eine scheue Andacht. Mein Lager wurde in einem andern Zimmer aufgeschlagen. – Zu dem Kinde hatten Karola und Oda dann eine Zärtlichkeit, sanft und ungestüm, vor der ich staunend stand, ohne sie mitmachen oder nachahmen zu können. Ich liebte den kleinen Erwin sehr und sah ihm zu, wie er sich mit Würde und Eifer in der Welt zurechtfand, ich machte auch gern den Helfer und Zureicher bei seinen ersten Spielen, aber eben nur wie der sogenannte Partner im Varieté dem auftretenden Spezialisten behilflich ist. Das Kind an mich zu pressen, mit mir herumzutragen, zu liebkosen, das war mir nicht natürlich und blieb bei zaghaften Versuchen, über die Oda und Karola lachten. ‚Es ist doch dein Kind', sagten sie dann fast vorwurfsvoll und fanden es empörend, wenn ich gestand, daß ich mit fremden Kindern leichter spielen könne.

Nun folgten die Wirtschaftskrisen, in denen auch wir das Ererbte einbüßten und von Verdienst leben mußten, ein zweites Kind konnten wir nicht haben, wir waren kaum imstande, das eine so zu pflegen und zu kleiden, wie es seine holde Babymajestät verlangte. Wir mußten lernen, einander scheu auszuweichen in dem, was sonst seligste, vertrauendste Hingabe war, und diese Entwöhnung, Einschränkung, Vorsicht hat etwas in mir vereinsamt und mich fremd gemacht, nicht nur dieser einen Frau gegenüber, sondern dem ganzen Geschlecht. Es ist ein Grausen in der Lust, die zerschellt, verbrandet, statt zu münden. Töten möchte sie, da sie nicht Leben geben kann. Und wo er nicht vernichtet noch vernichtet wird, bleibt der Betrogene seines eigenen Übermaßes in einem Gemisch von Haß und matter Zärtlichkeit zurück.

Seit ich mit der Lieben, deren Wärter ich bin, nicht mehr die große unbewußte Gemeinsamkeit des Schlafes habe, gehn auch unsere Tageswege nicht mehr im gleichen Schritt. Aber ich sehe ihr zu von nah und weit. Sie ist mir wieder ganz Erscheinung wie im Anfang. Sie spielt und tanzt und weint mir das Leben vor. Und würde sie einen andern lieben, so müßte ich auch ihrer Liebe zuschauen. Ach, vielleicht liebt der Zuschauer noch in weiterem Umfange als der Liebhaber. Er wird eins mit allen Dingen, die die Geliebte berührt, er ist ihr Lager, ist die Luft, die sie atmet, ist alles, was der Liebhaber begehrend verdrängt. Und am Ende liebt er den Liebenden mit und fängt, ein seltsamer Polyphem, beide, Acis und Galathea, in seinem Netz."

„Dann könntest du doch auch mich, mein Gefühl für Karola, dulden, segnen –."

„Nein, du darfst nicht Liebender sein, du bist ein Geliebter."

X

Oda öffnete die Tür.

„Ihr sollt herüberkommen, Karola ist da mit der Fancy Freo. Und du mußt dich umziehn, Clemens, ihr geht mit in die Nachtprobe im Kabarett.“

„Ich ins Kabarett? Laßt mich lieber in meinem Schlafrock und in meiner Höhle.“

„Auch wenn der Wendelin mitkommt, magst du nicht?“

„Auch dann nicht. Aber *du* solltest einmal ausgehn. Heute hast du nicht die Ausrede, bei dem Kind bleiben zu müssen. Ich bin ja da und kann nach ihm sehn.“

„Laß mich hier, bitte“, sagte sie beinah weinerlich. Clemens küßte ihre Stirn.

„Nun, dann geht hinüber und entschuldigt mich. So mag ich mich nicht vor der Diva präsentieren.“

Wendelin folgte der Oda in Karolas Zimmer. Da war niemand. Nur die beiden Mäntel lagerten auf dem Sofa unter dem Bilde des Römerkaisers, der Wendelin streng und nüchtern ansah. Oda öffnete die Tür zum Kinderzimmer. „Komm leise, sie sind bei Erwin.“

Da standen sie über das Bett des schlafenden Kleinen gebeugt. Karola sah sich nur mit verlorenem Lächeln halb nach Wendelin um und reichte ihm rückwärts eine Hand. Die Freo richtete sich auf, begrüßte ihn lebhaft flüsternd, erinnerte an seinen Besuch mit Jutta in ihrer Garderobe und ging, auf ihre muntere Art Konversation machend, mit ihm in Karolas Zimmer hinüber.

„Clemens mag nicht mitgehn“, berichtete Oda der Schwester.

Karola seufzte: „Dann will ich noch einmal mit ihm reden.“

Sie fand ihn an seinem Ofen, stellte sich neben ihn, lehnte den Kopf an seine Brust und fragte: „Warum läßt du mich immer allein?“

„Aber, Karola, wer ist denn heute weggelaufen den ganzen Tag?“

„Ich war bei so tröstlichen Leuten, wo gleich das Grammophon angedreht und getanzt wird, Leierkastenlieder werden gesungen mit Varietéreimen, und nichts ist wichtig, alles wie aus Versehen und unterhaltend. Es täte dir so gut, unter solche Menschen zu kommen. Heute bei der Nachtprobe werden viele sein.“

„Mein liebes Herz, ich habe mehr davon, wenn du mir nachher alles erzählst, was du erlebt hast.“

„So schickst du mich immer fort. Was würdest du nun sagen, wenn ich zur Bühne ginge, tanzen oder singen. Die Freo meint, ich hätte Talent.“

„Mir ist es lieber, du tanzest für mich.“

„Aber ich könnte Geld verdienen, für uns alle genug. Dann brauchtest du nicht mehr Stunden zu geben, könntest für dich studieren.“

„Ist es nicht so viel schöner bei uns?“

„Meinst du? – Ich wäre dir heut beinahe fortgelaufen und weit fort."

„Ich weiß schon."

„Ach so, von Wendelin. Aber davon spreche ich jetzt nicht. Das ist auch nicht so gefährlich."

„Das ist sehr gefährlich. Das mußt du nicht tun."

Sie faßte nach seinem Kopf und drehte ihn ins Licht.

„Du bist eifersüchtig; wie gut das tut!" sagte sie in so überzeugtem Ton, daß Clemens nicht dazu kam, zu erklären, wie er es meinte.

„Aber bist du denn gar nicht neugierig, mit welchen andern Leuten ich fortwollte?"

„Sind es denn mehrere?"

„Ich habe mit der Freo einen Plan ausgeheckt. Eißner soll uns beide nach Italien fahren in seinem Reiseauto."

„Und den Wendelin wollt ihr mitnehmen."

„Meinst du, daß das hübsch wäre? Soll er sich von der Freo verführen lassen?"

„Es gibt eine viel größere Gefahr für ihn."

„Clemens, wenn du eifersüchtig bist, kann ich heute nicht fort von dir. Außer wenn es dir lieber ist, daß ich gehe und wecke dich spät und erzähle dir. – Ja? Du nickst. Oh, ich Arme muß wieder auf Abenteuer in dunkler Nacht. Was ich auch auf mich nehme, ist nur ein Spiel zu deiner Unterhaltung."

Sie küßte ihn und ging.

„Es ist hübsch, wenn zwei ernste erwachsene Menschen kindisch miteinander reden", dachte Clemens und klopfte seine Pfeife aus.

XI

Karola gab Wendelin keinen Augenblick Gelegenheit, allein mit ihr zu sprechen. Auf der Treppe ging sie mit der Freo voran. Im Auto saß er beiden gegenüber, und während Karola aus dem Fenster sah, neigte sich Fancy zu ihm und fragte nach Jutta und dem alten Schloß zu Schilleninken. Ob er sie nicht einmal dahin mitnehmen könne? „Ich möchte auch mit der Kerze in die Kemenate geleuchtet bekommen und richtig auf Jagd gehn. Als Försterkind bin ich faktisch und durch Vaters ‚Pengpeng'-Geschichten an das Knallen gewöhnt. Muß ich nun erst einen Grafen heiraten, damit die Schröderschen mich schätzen? Oder sind Sie Manns genug, ein Kind aus dem Volke dort einzuführen? – Wir haben übrigens einen Anschlag auf Sie vor, aber davon sprechen wir noch nicht."

Im Vorraum des Kabaretts standen Wendelin und Karola einen Augenblick allein nebeneinander. Aber da kam auch schon der Hausdichter und hinter ihm Sebald, Sebald, dessen Gesicht Wendelin an einen lieben Schulkameraden erinnerte, mit dem er sich leidenschaftlich im Trapper- und Indianerspiel gejagt hatte.

„Wollen Sie noch schnell das letzte Lied unseres Schilfkrot hören? Er ist heute besonders gut aufgelegt." Der Dichter faßte beide Damen unter und ging voran. Sebald legte Wendelin den Arm um die Schulter und folgte. Diese Vertraulichkeit war überraschend. Er kannte Sebald kaum, hatte ihn nur selten bei Margot oder Donath gesehen, wußte nichts Genaues von ihm. Man sagte, er sei Theater- oder Filmkritiker; er sollte in den Tagen der Revolution eine Rolle gespielt haben; es wurde von ihm behauptet, er sei früher einmal wie ein Handwerksbursche auf der Walz gewesen. Und gestern bei Margot – wie lange das schon her war! – erschien er mit der Unbekannten, der mit dem weißen Federhelm und dem Jünglingsgesicht, dem schönsten Menschengesicht, das Wendelin je gesehn. Jetzt wäre der Augenblick gewesen, nach ihr zu fragen. Vielleicht war sie hier, vielleicht konnte er sie kennenlernen.

„Morgen wird Schilfkrot bei Perls vor wenigen Erwählten seine Verse sprechen, die besten, die für das große Publikum hier zu schade sind. Kommen Sie doch auch hin. Wir werden uns alle freuen, Sie bei uns zu haben."

Wendelin war betroffen von einem Blick voll heimlicher Verheißung, die jenseits der Worte lag, welche der blasse Mund sprach. Es wäre unzart gewesen, was hier zwischen ihm und dem Geheimnisvollen begann, durch die Frage nach einer Frau zu trüben.

Sie traten in den Saal, blieben unter den seitlichen Säulen stehen und sahen von weitem die kleine Gestalt in der Matrosenbluse, aus der auf schmalem Halse das wehmütig lächelnde Gesicht mit den scharf gekerbten Zügen vogelhaft vorstieß, indes die Hände, zwei irre Trunkenbolde, die Linie des grotesken Gedichtes nachzeichneten, das Schilfkrot wie widerstrebend hergab.

Die letzten Worte verklangen im Beifall der Menge, die weiterklatschend aufbrach und zum Ausgang drängte. Wendelin spähte nach Karola und der Freo: Sie waren verschwunden. Fremde begrüßten im Vorübergehn seinen Nachbarn, und er stand daneben und kannte niemanden. Plötzlich fragte ihn Sebald leise, ob er Lust habe, mit in eine Kneipe im Norden zu kommen, wo es denn doch andre Gesichter zu sehen gebe als hier.

„Ich soll zu der Nachtprobe bleiben mit der Fancy Freo."

„Ein nettes Mädchen, aber ihr Bruder, der Taugenichts, ist origineller, und den treffen wir heut nacht mit andern guten Jungen."

Ehe Wendelin antworten konnte, kam Schilfkrot in der Matrosenbluse, wie er aufgetreten war, durch die Menge auf Sebald zu: „Ich bitte dich, Georg, bring mich heim. Mir ist so elend zumut, daß ich sonst in den nächsten Rinnstein rolle und heule. Und gib acht, daß ich heute nichts mehr trinke. Gehn wir nur schnell fort, da drüben kommt schon der käsige Hausdichter, und wenn der wieder von seinem Paris anfängt, setze ich mich aufs Parkett."

„Ja, lieber Domrau", sagte Sebald, „da bekomme ich Mutterpflichten, und aus unserm Ausflug wird heut nichts mehr. Bis ich dies Kind glücklich in sein Bettchen gebracht habe, wird man da oben die letzten Lichter auspusten. Aber morgen, nicht wahr?"

Der Saal war fast leer. Wendelin mußte den abräumenden Kellnern ausweichen und kam sich überflüssig und unbefugt vor. Da erschien auf der Bühne Margot neben der rundlichen Direktrice, die lebhaft auf sie einredete. Wendelin näherte sich langsam, bis Margot ihn sah, herbeiwinkte und vorstellte. Das bläuliche, von roten Haarbüscheln umstarrte Gesicht nickte ihm flüchtig zu und sprach dann weiter zu Margot: „Im Reitkostüm müßten Sie ankommen, und unser Willychen soll Ihnen was Derbes dichten, wo Sie beim Refrain mit der Gerte knallen, daß den Bürgersleuten bange und wonnig wird."

„Ich würde mir höchst lächerlich vorkommen. Wenn ich schon auftreten soll, dann im Zirkus, Hohe Schule oder Springen."

„Ich überrede Sie doch noch, Kindchen", sagte die Kleine und tätschelte Margot den Rücken. „Jetzt muß ich nach meinen Küken sehen. Bei der Fancy ist wieder die ganze Garderobe voll Mannsvolk, das muß ich verjagen."

Als sie fort war, sprang Margot von der Bühne herunter Wendelin in die Arme, faßte seine Schultern und schüttelte ihn: „Morgen nachmittag kommst du auf die Reitbahn, Domrau! Da ist meine Fabrikantin, die auf dem Pferd sitzt wie ein Mehlsack auf dem Esel. Das brauchst du ihr aber nicht zu sagen, sondern hast ihr den Hof zu machen, was gestern bei mir versäumt wurde. Ich bin sehr unzufrieden mit dir, verstanden!"

„Ich möchte viel lieber mit dir ausreiten, Margot."

„Unsinn, dazu haben wir keine Zeit."

„Und dann muß ich überhaupt fort, aufs Gut.“

„Daraus wird nichts.“ Sie stampfte mit dem Fuß. „Folge doch mir, Junge, ich bin der einzige praktische Mensch von der ganzen Bande. Lauf nun nicht wieder mit dem Sebald davon, ich habe euch vorhin gesehn, das ist auch so ein schlimmer Rattenfänger, der kleinen Jungen was vorpfeift. Ich gehe jetzt heim, den dummen Rausch auszuschlafen, den mir Kestners Engländer beigebracht hat, der übrigens ein sehr nützlicher Fall ist. Bring mich doch nach Haus, statt hier hinter der Freo und Karola herzuzuckeln.“

„Ich muß noch Eißner sprechen.“

„So? Mußt du das? Darauf kann ich nicht warten. Atjö.“

„Auf Wiedersehn, Margot“, sagte Wendelin und hatte das Gefühl eines großen Abschieds. Er faßte nach ihren Händen.

Sie sah ihn erstaunt an. Dann hob sie sich zu ihm und küßte ihn schnell.

Er sah ihr nach, wie sie straff und eilig an den leeren Tischen entlangging und, ohne sich noch einmal umzusehn, hinter den Säulen verschwand.

Inzwischen hatte sich der Klavierspieler eingefunden und phantasierte ein schauriges Potpourri. Dann erschien die Direktrice mit ihrer Schar und nahm mit dem Conférencier, dem Maler, dem Hausdichter und Mister Russell an einem Tisch mitten im Zuschauerraum Platz. Wendelin kam an einen Seitentisch zwischen Eißner und den berühmten Hamburger, der von seinen Intimen Hannchen genannt wurde und den jungen Nachbarn mit derselben komisch zarten Höflichkeit anredete und unterhielt, mit der er vorzutragen pflegte. Karola und die Freo waren noch abwesend.

Auf der Bühne erschien ein junges flachshaariges Persönchen in rührendem Schulmädchenkleid mit breitem weißem Umlegekragen. Sie sang Wedekinds „Ilse“ mit dünner Stimme und schüchternen Gesten. Der Conférencier applaudierte lebhaft: „Also das Fräulein Hartmann, die find ich einfach großartig.“

„Dann sollten wir sie vielleicht nicht als erste Nummer geben“, sagte die Direktrice.

„Doch, Geliebteste, doch. Und ich sag dann zu dem Publikum: Meine Herrschaften, jetzt kommt eine Debütantin, und da passens auf, die ist noch nicht verdorben von unserer Patronin, die tut Ihnen das Herz umrühren ohne die mindeste Hysterie, und da heutzutag das Schlichte die höchste Sensation ist, so werdens schon merken, daß es das Fräulein faustdick hinter den Ohren hat wie das selige Gretchen. Hast noch ein paar Liedl, Meta Hartmann?“

„Der Name gefällt mir nicht“, wandte der Hausdichter ein. „Kann sie sich nicht einen Bühnennamen geben?“

„Du sei still und dichte. Meta Hartmann find ich grade schön neben all den Lis, Lus und Gabys.“

Und Meta sang ihre beiden andern Lieder im frommen Mädchenton, dann bat sie, heimgehn zu dürfen, weil ihre Mutter immer aufbleibe und der Weg lang sei bis in die Frankfurter Allee.

„Eine raffinierte Person“, meinte der Conférencier.

Die nächste Nummer war ein kreideweiß geschminkter Pierrot in Schwarz, für den eine Mondlandschaft aufgestellt werden mußte. Der Maler ging in die Saalecke zum Maschinisten, um ihm Anweisungen für die Beleuchtung zu geben.

„Was wollten Sie mir denn heut früh telephonieren?“ wandte sich Eißner an Wendelin.

„Ich soll zu meiner Mutter aufs Land.“

„Ich weiß schon, sie hat mir geschrieben.“

„Und da wollte ich vorher noch eine kleine Reise machen.“

„Weiß ich auch schon, zu meiner Frau. Jutta hat mir ebenfalls geschrieben. Mein lieber Wendelin, daraus wird nichts. Ich habe nichts dagegen, wie Sie wohl denken können, Sie müssen aber eine ganz andere Reise unternehmen.“

„Ich wollte auch von einer andern sprechen.“

„Nun und?“

„Für die brauche ich Geld und Paß.“

„Aber, liebes Kind, das überlassen Sie doch mir, wir fahren ja zusammen.“

„Wir zusammen –?“

„Sind Sie denn noch nicht über Ihr Schicksal unterrichtet?“

Das Gespräch wurde unterbrochen durch die Musik und die ersten Grimassen des Weißschwarzen auf der Bühne. Wendelin konnte nicht auf die Mondlieder achtgeben, so erschrocken und gespannt war er. Er starrte auf die Stufen der kleinen Treppe neben der Bühne. Hinter erledigten Kulissen, die den Garderobenzugang verbauten, tauchten jetzt die Freo und

Karola auf. Die Freo war in einem schuppigen Goldhemd. Sie winkte ihm aufmunternd zu. In Karolas geneigtem Gesicht war nichts zu lesen.

Der Pierrot klagte über die Beleuchtung und stritt mit dem Maler.

„Ihr mit euren Faxen“, rief der Conférencier. „Bitt schön, Mister Russell, macht man bei euch in Europa im Kabarett so viel Umstände?“

Mister Russell erinnerte an die neapolitanische Piedigrotta, die ihre Mondscheinlieder vor einer einfachen, altertümlich bemalten Leinwand ohne weitere Lichteffekte singe.

„Kinder“, sagte die Direktrice, „wir sind nicht in Neapel und nicht in Paris, wo alles so aussehn darf, wie es ist, und auf der Straße geradesoviel Komödie gemacht wird wie auf den Brettern. Wir müssen chargieren, damit unsere armen Berliner überhaupt etwas merken.“

„Wendelin weiß ja noch gar nicht Bescheid“, sagte Eißner zu den beiden Frauen, die an den Tisch traten. Fancy blickte schnell zu Karola hin: „Ich werde ihn unterrichten.“

Wendelin mußte aufstehn und ihr in den Hintergrund folgen. Er lehnte an einer der Säulen, und sie legte rechts und links von ihm die Arme auf die Balustrade. Klirrend umglitzerten und streiften ihn die kühlen Pailletten.

„Wir haben uns etwas Schönes für Sie ausgedacht, Karola und ich. Wir wollen in Eißners Auto gen Süden, von dem Gewaltigen und Ihnen behütet. Sind Sie auch so entzückt, wie sich's gehört?“

„Ich muß mich erst an den Gedanken gewöhnen“, sagte Wendelin verlegen.

„Ja, tun Sie das. Und durchkreuzen Sie nicht unsre raffinierte Diplomatie. Wir werden dafür sorgen, daß Sie bald nicht mehr wissen, wen Sie lieben und wer Sie liebt.“

„Fancy“, rief die Direktrice laut durch den Saal. „Willst du nicht gefälligst auftreten? Du bist dran.“

„Nur keine jüdische Hast.“ Fancy ging bedächtig auf die Bühne.

Während sie sang, blieb Wendelin an seiner Säule stehn und versuchte vergeblich, sich in all dem, was über ihn hereinbrach, zurechtzufinden. Die Freo sang das Lied vom kleinen Mann, das der Hausdichter nach dem französischen Kinderlied in ein zwinkerndes und oft recht unzweideutiges Deutsch übertragen hatte. Ihr engelreines Gesicht, die raschen, scheinbar harmlosen Gebärden ihrer Hände, die an den Goldschuppen empor- und herabglitten, die gesprochen angefangenen und getragen zu Ende gesungenen Verse hatten großen Beifall. Wendelin hörte fast nichts, er sah nur eine gespenstische Pantomime.

Als das Lied aus war, ging er auf Zehenspitzen an den Tisch und setzte sich neben den Hamburger, der ihn so ansah, als wäre er eingeweiht. Karolas Profil war ihm durch Eißners massige Gestalt verdeckt.

„Ich habe da noch zwei harmlose Wiegenlieder aus Mutters Zeiten“, sagte die Freo auf der Bühne.

„Nur zu! Mutters Zeiten waren recht schlimm, so mit Chahùt und ‚Vater siehts ja nicht‘.“ Die Patronin lüpfte seitlich mit heftigem Ruck ihre Seidenmassen.

„Schlaf holder Engel, sanft und mild,
Du deines Vaters Ebenbild.
Das bist du, zwar dein Vater spricht,
Du habest sei-eine Na-ase nicht."

Schon die erste Strophe begeisterte die Kunstrichter.

Das zweite, noch ältere Lied schien ganz aus Unschuld und Sternenschein gewoben. Die meisten kannten es nicht. Nur Eißner summte mit und erklärte: „Das hat meine selige Mutter gesungen."

Als dann aber gegen Ende die koketten Zeilen kamen:

„Aus der Zofe Gemach
Tönt noch ein schmerzliches Ach.
Was für ein Ach mag das sein?
Schlafe, mein Prinzchen, schlaf ein"

wandte sich der Hamburger mit feinem Lächeln zu Wendelin und sagte: „Da sehen Sie, verehrter Herr von Domrau, wie früh die hinterlistige Verführung beginnt. Schon unsere Amme verlangt, daß wir auf die besondern Seufzer des andern Geschlechtes aufpassen."

XII

Um dieselbe Zeit standen Clemens und Oda an Erwins Bettchen.

„Wir wollen gehn, sonst wacht er auf."

„Der schläft fest heut. Er war müde vom Nachmittag."

„Hat er so viel erlebt?"

„Wir waren im Zoo, erst bei dem Marabu, der auf einem langen zittrigen Bein stand und mit dem andern nachdenkliche waagerechte Bewegungen machte und so verzaubert aussah, daß wir beide an den Kalifen Storch dachten. Und die jungen Löwen haben wir gesehn, denen die weiße Hündin zu trinken gibt. Mit atmenden Flanken saugen die Kleinen. Auch das Bärenkind ist rührend, das mit seiner Mutter spielt. Sie patscht es immer weg und freut sich doch, wenn es wieder ankommt und an ihr zaust, unermüdlich, so oft es auch purzelt und rollt. Vom Schusteraffen konnte sich Erwin gar nicht trennen. Der hatte ein grünes Blatt in der Pfote, von dem er das Weiche abrupfte und die strunkige Rippe ans Gitter klopfte. Bis zur Fütterung des Seelöwen sind wir geblieben."

„Ich müßte einmal mit euch gehn, statt immer in meinem Bau zu hocken."

„Warum bist du so selten bei deinem Kind? Warum erzählst du ihm nie Geschichten?"

„Es wird mir schwer. Neulich, als er mir gute Nacht sagen kam, fand Erwin auf meinem Tisch eine Mythologie mit Bildern. Er sah den Zeus von Otricoli. ‚Ist das der liebe Gott?' fragte er. Ich mußte ja sagen. Er blätterte eifrig weiter. ‚Ist das eine Frau?' Er zeigte auf den Apollon Musagetes im langen Gewande. ‚Nein.' – ‚Dann ist es wohl auch ein lieber Gott?' Ich nickte und freute mich. Wenn er nun aber in die Schule kommt und erfährt, daß der Herr sein Gott keine andern Götter duldet neben sich? Soll ich ihn biblisch lehren, der Mensch ist böse von Jugend auf, oder chinesisch, der Mensch ist von guter Natur? Es ist so entscheidend, was ein Vater antwortet, wenn sein Sohn fragt. Nur was die Mutter erzählt, ist seliges Märchen."

„Du bist traurig, Clemens. Ist es denn wahr? Will Karola wirklich verreisen?"

„Ich glaube es noch nicht."

„Mich hat sie gebeten, ihre Sachen nachzusehn und zu überlegen, was sie wohl in dem kleinen Koffer mitnehmen könne. Ist es dir denn recht, daß sie reist?"

„Nein."

„Warum läßt du es dann zu? Karola würde nie etwas tun, was du ihr ernstlich verbietest."

„Eben deshalb darf ich es nicht. Wenn ich ihr die Freiheit nehme, beherrscht sie mich."

„Das verstehe ich nicht."

„Ich schon beinahe."

„Liebst du sie denn nicht mehr!"

„Vielleicht mehr als früher. Und doch nicht genug. Wenn ich sie so lieben könnte, wie sie es verlangt, dann müßte ich sie wohl töten wie die rechtschaffenen Arbeiter und Mädchen aus dem Volk, die den Untreuen, die Treulose, ohne nachzudenken, umbringen. Ob sie wohl je den Tröster findet, der ihr den Tod oder das Leben schenkt? Sie würde gern sterben, wie alle, die das Leben wirklich lieben. – Oh, du liebe Märtyrerin mit deinen kasteiten Mittelalterfingern" – er faßte im Dunkeln nach Odas Hand –, „du ahnst nicht, wie leicht die, die munter und selbstsüchtig drauflosleben, das Leben wegwerfen. Einmal habe ich mir einen süßen Tod für Karola ausgedacht, in den Tagen, als sie in dem leeren Plättzimmer schlief, weil von dem immer noch nicht reparierten Dach der Regen durch die Decke ihres Zimmers tropfte. Sie wollte weder dich noch mich aus unsern Stätten vertreiben und mit keinem von uns das Lager teilen. Wer weiß, welchen fremden Liebsten sie im Herzen hegte! Alle Freundinnen boten ihr Quartier an, Margot, Kunny, Lisa. Aber sie sagte: ‚Wenn ich nicht mein eigen Bettchen in meinem Zimmer haben kann, will ich mich streng halten und nur richtig zum Schlafen hinlegen wie eine Magd.'"

„Ja, das sagte sie", fiel Oda ein, „aber dann hat sie sich auch in der schmalen Kammer entzückend eingerichtet. Für drei Tage hat sie ein weißverhangenes Gemach daraus gemacht."

„– und ist den halben Tag im ‚Leutebett' geblieben. Aber ich, Oda, ich konnte nicht schlafen in diesen Nächten, immer dachte ich an sie und hätte doch um alles in der Welt nicht zu ihr gekonnt. Denn ich hatte wie ein Besessener die Vorstellung ihres Sterbens."

„Warum denn gerade damals und dort?“

„Du weißt doch, am Fußende des Bettes kommt aus der Wand der Gashahn für das Plätteisen, den die alte Emilie, die wir im Anfang hatten, aufließ oder aufstieß –, die dann fast gestorben ist. Du erinnerst dich, wie am Morgen die Leute von der Rettungsstation kamen und ihr Sauerstoff einpumpten, bis sie die Augen öffnete, wunderbar hellblaue Augen in einem greisen Gesicht. – Diesen Hahn dachte ich aufzudrehen, wenn sie selig schliefe und von einem träumte, den sie uns verschwieg. Süßes Gas sollte sie trinken und hinübersein, und ich, ich würde vielleicht mitsterben zu Füßen einer Liebenden.“

„Wie du liebst, Clemens!“ sagte sie und schlang die Arme um seinen Hals.

„Bitt’ für uns, Oda. Vergib mir mein Hirngespinst und – lach mich aus.“

Sie ging an die Tür, schaltete das Licht ein und sah im Zimmer umher.

„Ach“, sagte sie, „hier liegt das Paket, das nachmittags für Karola abgegeben wurde. Ich habe ganz vergessen, es ihr zu zeigen.“

„Was ist denn darin?“

„Wir wollen nachsehn.“ Sie schnürte sorgfältig auf und nahm den Pappdeckel ab.

„Ein Kindermäntelchen aus weißem Leder. Wie kostbar! Aber gar nicht praktisch.“

XIII

Während ein eilfertiges Mädchen in schwarzem Rock und rotem Halstuch über die Bühne stürmte und Erstaunliches von ihrem Apachen behauptete, begab sich die Freo mit Eißner zum Tisch der Patronin, um für drei Wochen sich „loszukaufen". Gnädig wurden dem Lieblingsküken die Wangen gestreichelt: „Gut, reise ein bißchen, du bist blaß in letzter Zeit. Wir werden Hannchen bitten, daß er ein paar Nummern mehr bringt. Aber Abschied müssen wir groß feiern."

Die Plätze zwischen Wendelin und Karola waren leer. Er sah sie fragend und etwas grimmig an. Sie lächelte. Er trat hinter ihren Stuhl und sagte ihr ins Ohr: „Willst du mit mir oder mit den andern reisen?"

„Mit dir!"

„Dann müssen wir heimlich fort."

Sie wandte sich um und sah ihn mit ganzem Gesicht an: „Das wollen wir."

Einen Augenblick saß er neben ihr und hielt ihre beiden Hände. Sie waren einander so nahe, fast hätten sie sich schon jetzt geküßt. Plötzlich sprang Wendelin auf und ging eilig Eißner entgegen, der sich am Nebentisch erhoben hatte.

„Ich würde gern bis München voranreisen, wo ich Freunde treffe und Aufträge der Tante in Fiesole besorgen kann –"

„Gut, fahren Sie morgen früh. Unser Auto holt Sie übermorgen ein. Bestellen Sie Zimmer im Continental. Brauchen Sie Reisegeld?“

„Ach ja.“

Der Gewaltige griff in sein Portefeuille und versorgte seinen Schützling.

Von diesem Augenblick an wartete Wendelin nur noch auf Karola. Wenn sie sich erhob, war der Weg in die Zukunft frei. Um ihn herum wölkten im Zigarettenrauch Worte, Meinungen, Behauptungen, die ihn nichts mehr angingen. Bisweilen wandte sich die Freo zu ihm und sah ihn an, als ob sie ein Geheimnis miteinander hätten. Er hatte sich so gesetzt, daß er Karola immer sehen konnte. Goldbräunlich hob sich ihr Hals aus dem schwarzen Rahmen des Kleides. Im Licht des Kronleuchters bekam ihr Haar einen silbernen Glanz.

Als der Hamburger mit einer zierlichen Pointe geendet hatte, fegte die russische Tänzerin, die eben erst in Begleitung einer schlächterhaften Erscheinung im offenen Gehpelz eintraf, mit Autorität durch den Saal. Sie bestand darauf, daß die Lichteffekte für sie probiert würden.

Der Saal wurde verdunkelt. Karola stand auf und machte Wendelin ein Zeichen.

In der Garderobe, während er ihr den Mantel umlegte, flüsterte er: „Ich habe Reisegeld. Wir können mit dem ersten Morgenzug fahren.“

Eine Weile gingen sie schweigend nebeneinander, wie Gerettete. Sie kamen durch leere Straßen zum Kanal.

„Ich muß nur noch schnell packen.“

„Tu das nicht. Nimm nichts mit. Oda schickt dir nach München, was du brauchst. Komm gleich mit zu mir.“

„Aber Wendelin –“

„Wenn ich dich fortlasse, wie gestern früh, gehst du mir verloren.“

„So komm mit herauf, während ich packe.“

„Dann beweist uns Clemens, daß wir nicht reisen dürfen.“

„Hat er dir gesagt, daß er es nicht haben will?“

„Ja.“

„Er will mich nicht fortlassen?“ Erstes Morgenlicht erhellte ihre Züge.

„Karola, Karola, du darfst nicht nach Hause!“

„Geliebter Junge, ich will nur schnell mein schlafendes Kind küssen und ein kleines Handtäschchen nehmen mit Puder und meinem Amulett. Das mußt du mir schon erlauben. Clemens werde ich gar nicht wecken, ich lege ihm einen Zettel hin, daß er mir schöne Briefe schreiben soll.“

„Geh nicht hinauf, Karola, komm gleich mit mir.“

„Nun sind wir schon fast vor meiner Tür. Warte hier auf mich, es dauert zehn Minuten.“

Sie küßte ihn mit frierenden Lippen und eilte voran.

Der Himmel wurde heller von Minute zu Minute. Die Häuser bekamen quälendscharfe Konturen. Entschlossen starrte Wendelin auf das schwarze Wasser des Kanals. Aber die Knospen der Kastanien drängten sich in sein Blickfeld, verführerisch wie Kindheitsglück. Er hätte sich gern dort auf die Bank gesetzt, aber da schlief ein Obdachloser. Über die Brücke kamen mit plötzlichem Gerassel eine Reihe Paketfahrtwagen auf den Trambahnschienen. Hinterher donnerte ein Lastauto mit Karotten. Als die Brücke wieder leer wurde, tauchten am Geländer zwei Gestalten auf, die sich in der Richtung nach dem Tiergarten zu bewegten. Das war doch Sebald! Und neben ihm der schlanke Bursche in Mütze und Samthosen, war das vielleicht der Bruder der Freo? Jetzt konnte er nicht gut zu ihnen. Wie durfte er auch an so etwas denken in dieser Schicksalsstunde! Er trat an einen Baum, damit sie ihn nicht beim Umschauen gewahrten.

Er sah zu Karolas Wohnung hinauf. Im Kinderzimmer war Licht. Nun wurde auch Karolas Fenster hell. Und jetzt erloschen die Lichter. Sie kommt! Die Knie zitterten ihm. Langsam überschritt er den Damm. Die Haustür öffnete sich.

Heraus trat in langem Havelock und breitrandigem Hut Clemens.

„Guten Morgen, mein lieber Wendelin" – er faßte ihn unter –, „laß uns ein paar Schritte an unserm guten Ufer gehen. Dies Wasser ist unser Fluß. Wir lieben es wie der Pariser seine Seine. Mit der gewerbsfleißigen Spree da weit im Nordosten haben wir ja nicht viel zu tun. Sieh, da drüben das große weiße Haus, das du nur als den Sitz irgendeines schicken Klubs kennst, war in meiner Kinderzeit chinesische Gesandtschaft, und im Garten sah man manchmal alte gelehrte Männer in seidenen Kimonos. Seit der Zeit hat für mich die Uferlandschaft mit der geschwungenen Fußgängerbrücke, den gabeligen Kastanienästen und den drei Trauerweiden etwas Fernöstliches behalten, wie es in manchen Augenblicken einige der kleinen märkischen Seen haben."

„Unter den Weiden dort", begann Wendelin, selbst verwundert, daß er in diesem Augenblick auf das Gespräch des Freundes eingehen konnte, „habe ich zum ersten Mal das ‚Gastmahl' gelesen."

„Hast du auch daraus gelernt, daß die Liebe ein Dämon ist, kein Gott?"

„Das lerne ich wohl erst jetzt, seit du mir verboten hast, ein Liebender zu sein. Aber warum bist du denn selbst einer?"

„Ich will dir bekennen: Eigentlich liebe ich wohl nur die Götter, wie alle Frommen, und in den Menschen ihr Erscheinen, hold oder schrecklich, belebend oder vernichtend. Aber die Menschen fügen sich nicht drein, sie stören den heiligen Akt der Verehrung durch Aufforderungen, ihre Identität zu bestätigen –"

„Ich kann dich nicht hören", unterbrach Wendelin und machte sich los. „Du bist mein Feind! Es ist dein Recht. Aber warum umspinnst du mich mit geheimnisvollen Worten? Was willst du von mir?"

Clemens reichte ihm einen gefalteten Zettel: „Hier lies, was dir Karola schreibt."

Wendelin griff hastig und böse danach. Er las:

„Ich kann nicht, Wendelin. Ich danke dir, daß du gewollt hast. Das ist mir schon Glück.

K."

Er sah zu Boden wie ein gescholtenes Schulkind.

„Was habe ich denn wieder falsch gemacht? Habe ich wieder nur für Eißner gekuppelt, ich armer Narr? Und war schon bereit, alles aufs Spiel zu setzen, auch deine Freundschaft. Und bei ihr war es eine Laune."

„Was war es denn bei dir?"

„Oh, ich möchte ein ganz einfaches Mädchen pakken, so eine mit lockeren Ösen, die gleich aufspringen."

„Narziß, Narziß, der Spiegel wird trübe. Tröste dich, du hast sie mit niemandem verkuppelt als mit ihrem Kinde."

„Wie?"

„Als ich in ihr Zimmer kam, stand sie vor einem geöffneten Paket, darin lag ein Kindermäntelchen, das sie gestern, nachdem sie dich verlassen, für ihren Erwin gekauft hat. Tränen liefen ihr aus den Augen, als sie es herausnahm, sie ging hinüber zu dem Kleinen, hob das schlafende Kind aus seinem Bett und hat ihm den Mantel anprobiert. Dann sah sie zu mir auf und fragte: ‚Darf ich hierbleiben?' Als sie dann dalag, todmüde und noch im Einschlafen um Brauen und Lippenwinkel einen Krampf, eine Pein, da ahnte ich viel –"

„Das ist ja eine recht rührende Familienbegebenheit, und wir beide, du und ich, spielen darin einigermaßen lächerliche Rollen."

Clemens nahm wieder den Arm des Jüngeren und ging langsam mit ihm weiter.

„Ziemt es uns nicht, ruhig zu tun, was die Leute lächerlich finden? Sollten wir nicht unbeirrt versuchen, die armen Frauen einfach zu verehren, so sehr, daß ihnen gar nichts andres übrigleibt, als vollkommen zu sein? Das müßte man zu Ende denken –"

„Vielleicht hätte es mir gutgetan, bei dir zu bleiben, um zu lernen, aber ich glaube, ich muß jetzt einfach fort, zur Mutter, aufs Land."

„Du könntest so gut bleiben, daß es besser ist, du gehst. Ich darf nun auch dich nicht halten. Ich werde älter. Geh, mein Letztes, ich werde dich aus der Ferne lieben."

Ihre Schritte hallten durch die Morgenleere.

„Ich kann den Frühzug gerade noch erreichen, und Reisegeld habe ich auch – von Eißner."

Da lachten sie beide.

„Du wirst ja auch wiederkommen", meinte Clemens, „und mit uns wohnen in unserm heimlichen Berlin, hier im alten Westen, an der Landstraße zwischen Rom und Moskau. Wir werden dann wieder an diesem Wasser gehn und von Erinnerungen und Hoffnungen reden, die sich im Kreise begegnen."

„Ob ich dann auch Karola wiedersehn kann, ohne mich zu schämen oder ihr zu grollen?"

„Du grollst wohl nur dir selbst."

„Ja, ich bin wütend über meine Ungeschicklichkeit."

„Warst du nicht auch ein wenig abgelenkt?"

„Du weißt auch das? – Ich habe nämlich eine Frau gesehn, nur gesehn, die mit Sebald vorgestern abend zu Margot kam. Sehr groß war sie, trug einen Kopfschmuck aus Federn, der ihre Schläfen anrührte wie ein Heldenhelm, und Wangen hatte sie wie deine

Athene. Sie sah mich von weitem freundlich an, aber ich konnte nicht zu ihr. Weißt du, wer das ist?"

„Nein, die kenne ich nicht, deine Unbekannte."

Sie gingen eine Zeitlang schweigend nebeneinander und trennten sich mit einfachen Abschiedsworten an der Potsdamer Brücke.

Franz Hessel

DAS GEWICHT DER WORTE

Ein Nachwort
von Manfred Flügge

Franz Hessel – ist das nicht der aus der klassischen Dreiecksgeschichte *Jules und Jim*? Ist das nicht der Freund von Walter Benjamin, der Lektor, Übersetzer und Flaneur? Ist das nicht jener Berliner aus Stettin (Jahrgang 1880), der auf dem Kurfürstendamm den Regenschirm aufspannte, wenn es auf den Champs-Élysées regnete? Der Emigrant, der im Internierungslager Les Milles von zeitgemäßen Liebesnovellen träumte und im Exilort Sanary-sur-Mer 1941 starb? Ja, ja, ja, das stimmt alles, und noch so manches biographische Detail ließe sich anführen (sein früher Flirt mit dem Zionismus, sein Leben in der Schwabinger Boheme mit Franziska zu Reventlow, seine Vorliebe für Nonsenspoesie, seine Liebschaften und Freundschaften in München, Berlin und Paris).

Aber sollte man nicht aufhören, ihn immer wieder durch Anekdoten und sachdienliche Angaben dem Vergessen zu entreißen? Sollte man nicht alle biographischen Umstände, alle Enthüllungen beiseite schieben, um allein die Prosa von Franz Hessel zu genießen? Um zu erkennen, welch originelle Stimme der deutschen Literatur jener Dichter war und bleiben sollte, der in *Teigwaren leicht gefärbt* eine Gestalt sagen ließ: „Ich bin doch so für die Nebenumstände, die Hauptsachen sind doch überall dieselben.“ Verdient der nicht, ein kleiner Klassiker zu werden?

Bis 1933 war Franz Hessel ein geachteter, aber diskreter Autor, dessen schmale Bände respektvoll, manchmal sogar liebevoll besprochen wurden. Zudem war er ein erfolgreicher Herausgeber und Übersetzer, der (bei Ernst Rowohlt) wunderbare Ausgaben von Balzacs gesammelten Werken und Casanovas Memoiren betreute. Er war auch ein Förderer von Talenten (wie Mascha Kaléko) und Verkannten (wie Joachim Ringelnatz). Der Romantitel von Falladas *Kleiner Mann – was nun?* war eine Eingebung von Hessel. Aber nach 1945 war er mausetot und vergessen.

Erst seit etwa 1969 erinnerte man sich wieder an ihn, zunächst in München, später in Berlin, bald auch in Paris. Und jedes Mal mußte man, um eine Vorstellung von dem Menschen Hessel zu geben, die „wahre Geschichte zu *Jules und Jim*“ umreißen. Der Roman von Henri-Pierre Roché erschien 1953 und wurde 1962 von François Truffaut verfilmt. In der ganzen Welt erfolgreich, wurde der Film bald zum Klassiker der Nouvelle Vague, ja zum Kultfilm. Roman und Film waren eine sehr freie Verarbeitung der Freundschaft von Roché („Jim“) und Hessel („Jules“), die 1906 in Paris begann und 1933 in Paris abrupt endete. In den zwanziger Jahren hatte Roché mit Hessels Duldung eine Liaison mit dessen Frau Helen („Catherine“), die 1925 der Liebe wegen nach Paris zog.

Im Leben von Franz Hessel war das nur eine, wenn auch markante, Anekdote. Vor allem war und ist er eine unverwechselbare Stimme der deutschen Literatur, die schon zu Lebzeiten charmant unzeitgemäß wirkte, über den Alltag hinausragte in reine Zeitlosigkeit. Die Erzählung *Heimliches Berlin* ist der schönste Beleg dafür, seine vollkommenste Dichtung.

Soll man sie Roman nennen? Oder Novelle? Langes Prosagedicht? Dreizehn Szenen werden kunstvoll miteinander verwoben, mit Dialogen, Binnenerzählungen, poetischen Beschreibungen, die meist einzelnen Figuren in den Mund gelegt werden, mit einer bemerkenswerten Vielfalt von Gestalten, jede auf ihre Weise eigenartig, skurril, prägnant, überhaupt mit einer großen Komplexität auf so engem Raum, in einem sehr langsam dahinströmenden, unendlich gewundenen Ablauf in erstaunlich kurzer Zeit, denn es ist nur die Geschichte eines Abends, einer Nacht, eines Tages und wieder eines Abends. Man glaubt einen vielschichtigen Gesellschaftsroman zu lesen und ein Zeitporträt, dabei handelt es sich nur darum, daß sich eine verheiratete Dame und Mutter in einen schönen adligen Jüngling verliebt und mit diesem charmanten Taugenichts in den Süden entfliehen will, was dessen Unentschlossenheit und die pädagogische List ihres Mannes schließlich verhindern.

Doch selbst diese Intrige, die ins Leere läuft, wird zur Nebensache. Eigentlich zählt nur die Bühne, auf der das alles spielt, die Sprache, genauer: „das Gewicht der Worte“, ihre Schwere oder ihre Leichtigkeit, wie Clemens Kestner sagt. Er ist Hessels Double in diesem Text, für den das Wort kein leerer Schall ist, sondern ein Zauber – wenn man es so gebraucht wie Hessel. „In seinem Munde werden die Worte Magneten, die andere Worte unwiderstehlich anziehen", meinte Walter Benjamin in einer Besprechung. Joseph Roth fand hier „ein klares, gutes und zartes Deutsch". Wer hätte in der düsteren, schwerfälligen deutschen Literatur einen solchen Dichter vermutet, wunderte sich ein Kritiker.

Hessels Sprache ist genau und schwebend zugleich. Man spürt, daß er die deutsche Sprache liebte, noch in ihren ulkigsten Wendungen. Daher auch sein Sinn für Nonsenspoesie à la Morgenstern oder Ringelnatz, aber auch für die Sprache der Kinder, der Straße, der abseitigen Reklameschilder und -sprüche. Das ist nicht Snobismus, wie ein Lästerer meinte, es ist die urtümliche Kraft der Poesie selber: Magie, Verwandlung, Beschwörung. Und die wächst aus dem Alltag, aus dem Straßenpflaster, nicht aus höheren Sphären.

Mit dieser vertrauensseligen Einstellung den Wörtern gegenüber geht eine bestimmte Erzählhaltung einher und ein bestimmtes menschliches Universum. Erzählfluß, Handlung und Charaktere, alles ist aus Hessels Sprachverständnis geboren und somit sehr kohärent. Einmal wird einer Gestalt, die etwas berichtet, entgegengehalten: „‚Zeitgemäß erzählst du gerade nicht, sondern mehr wie zur Zeit der Zeit, die noch Zeit hatte.' Diese Wendung war vermutlich ein Zitat." – So ähnlich hatte Kurt Tucholsky über

Hessel geschrieben, es ist hier also eine feine Form von Selbstironie am Werk.

Aus vielen ausführlichen Entwürfen wurde der Roman zu einer atemberaubenden Verdichtung geführt, so daß er zuweilen ans Rätselhafte grenzt, weil die Nebenumstände die Hauptumstände „in schöner Undeutlichkeit“ zu überwuchern scheinen, ein Gebilde aus lauter Paradoxien, mit Tempo und Langsamkeit, mit Heiterkeit und Melancholie, mit Gegenwartsbezug und Ewigkeitsperspektive.

Heimliches Berlin ist ein Zeit-Roman, aber einer, in dem die Zeit verschwindet. Als Hessel an diesem Text arbeitete, saß er an der Übersetzung von Marcel Prousts *Suche nach der verlorenen Zeit* (gemeinsam mit Walter Benjamin). Hessel schrieb einen Gegenentwurf zu Proust, indem er die unmittelbare Gegenwart so schilderte, als sei sie schon Erinnerung, als handle es sich um Fragmente aus abgelebten Zeiten. Und doch färbte Proust auf seine Sätze ab, von denen manche sich zu langen Girlanden verschlingen. Es ist Musik der Erinnerung, man sieht alles durch einen Schleier, obwohl es vor unseren Augen geschieht. Hier gilt, „daß alles Gegebene schon Erinnerung ist“.

Heimliches Berlin ist auch ein Zeit-Roman in dem Sinne, daß Hessel seine unmittelbare Gegenwart verarbeitet, sowohl was Berlin betrifft wie sein Privatleben. Aber dieser Prosazauberer läßt es einen gar nicht bemerken. Auf den ersten Blick denkt man, das ist doch gar nicht das hektische Berlin der angeblich goldenen zwanziger Jahre, in dem man „keine Zeit, keine Zeit“ hat, wie Walter Mehring dichtete.

Schaut man genauer hin, so ist dieses lärmende, großkotzige, ruppige Berlin, in dem die Existenz aller Menschen „etwas Vulkanisches" bekommt, durchaus präsent, aber gedämpft, gezähmt, gebändigt. Selbst die aktuelle Politik spielt hinein, denn es tauchen die Völkischen auf sowie Sowjet-Apostel. All das aus der Sicht einer Gegenwelt, eben dem heimlichen Berlin, ein verträumter Ort, der trotz seiner Steinwüste noch etwas von einer poetischen Utopie hat, die Hessels Charakter entspricht. Denn er weiß schon längst, daß diese Welt verlorengehen wird. Er liebt Berlin (so wie er die deutsche Sprache liebt) für das, was die Stadt sein könnte. Sein Roman zeigt nicht das gehetzte Berlin, das jagende Leben, sondern eine friedvolle, mit sich selbst versöhnte Stadt. Er dichtet die Erscheinung der Stadt um, wie er sein Leben umdichtet. Hinter der äußeren Erscheinung der Metropole ahnt man eine aufgeheiterte Geschichte, die Berlin nie hatte. Insofern ist es auch ein unheimliches Berlin.

Hier ist alles in die Ferne, in die Vergangenheit gerückt und ist doch so gegenwärtig – ein weiteres Paradox. Aber der ewige Spaziergänger Hessel, der Berlin erwandert und es wirklich angeschaut hat, kennt auch das „eigentliche Berlin": „Geh doch um die Dämmerzeit durch die Straßen, sieh die blassen heimkehrenden Geschäftsmädchen, Burschen, die nebeneinander radeln und dabei ihre Arme kreuzen, Kinder beim letzten seligen Spiel, ehe sie ins Haus gerufen werden. Spüre das Abendfieber der wunderlich kleinstädtischen Großstadt in dem späten Rot hinter den Hochbahnbögen. Lerne spielend das Grausen von Inschriften an Hauseingängen: Zimmer für Tage, Monate und Wochen, Institut für funktionelle und seelische Störungen, Suggestion von zehn bis sechs, Haarwuchs, Lebensversicherung, Beinleiden, Frachtverwertung, Höhensonne in Kräuterbädern, Seitenflügel rechts, giftfreies Verfahren, Leichentransport an alle Orte der Welt, Preßluft, Briefmarkenexpertise, Müllereibedarf. Ist das nicht Quintessenz?"

Quintessenz der Stadt nämlich, jener Stadt, die Alfred Döblin zwei Jahre später in *Berlin Alexanderplatz* beschwören wird, in Ausgestaltung der bei Hessel angedeuteten Collage-Methode.

Das heimliche Berlin ist auch stadtgeographisch zu lokalisieren, es ist jenes Viertel, in dem Franz Hessel aufgewachsen war und bis 1938 lebte, als er Deutschland für immer verließ. Es war das Viertel, das man „Alter Westen" nannte, als um 1910 der „neue Westen" rings um die Gedächtniskirche entstand, zwischen Kurfürstendamm und Tauentzienstraße, zwischen Romanischem Café und KaDeWe. Zwischen dem Landwehrkanal im Süden und dem Tiergarten im Norden, zwischen dem Zoo im Westen und dem Kemperplatz im Osten entstand nach 1890 ein feines Villenviertel, in dem auch die erfolgreichen jüdischen Familien (wie die Hessels) sich niederließen (die ärmeren jüdischen Familien blieben in den Straßen nordöstlich vom Alexanderplatz, die mittelerfolgreichen zogen meist nach Schöneberg ins Bayerische Viertel). Nach 1910 zogen allerdings immer mehr Familien, die es sich leisten konnten, nach Grunewald (auch das kommt bei Hessel vor, in Gestalt des Fabrikanten, Mäzens und Lebemanns Eißner).

Das Leben im Alten Westen hatte Heinrich Mann in seiner Satire *Im Schlaraffenland* (1901) geschildert, und noch vor ihm hatte es Paul Lindau getan unter dem Titel *Der Zug nach dem Westen*, der auch als Schlagwort für eine reale urbane Entwicklung dienen könnte. Hessels Buch ist keine Satire, auch kann man kaum von Ironie reden, trotz aller Leichtigkeit und Luftigkeit der Sprache. Es ist eine melancholische Form der Komödie, deren Charaktere im vergessenen Dekor einer sehr alten Tragödie auftreten.

Die Häuser in Hessels Viertel (er wohnte in der Friedrich-Wilhelm-Straße, heute Hofjägerallee) hatten oft antikisierende Fassadenelemente. Das Haus der Hessels (ein graues Haus an der Ecke zur Von-der-Heydt-Straße, wie es im Roman erwähnt wird) stand nahe der Herkulesbrücke, die den Landwehrkanal überquerte. Das lieferte dem „Heimatdichter" den Vorwand, seine Geschichte auf einem mythologischen Hintergrund abzubilden. Es entsprach aber auch seiner Liebe zu den antiken Mythen, denen er, wie schon Sigmund Freud, eine aufschließende Wirkung für die moderne Seele zutraute. „In wieviel Schichten und Zeiten leben wir doch alle miteinander, und die tausendjährigen Mythen sagen das Leibhaftigste aus über die Geheimnisse unserer Gemeinschaften", lesen wir in *Heimliches Berlin*, worin wir auch das Echo so vieler Lektüren vernehmen, antike Autoren, deutsche und französische Klassiker, aber in etwas ganz Eigenes verwandelt. Man sollte den Begriff Echo-Roman erfinden.

Hessels Gestalten sind durch die Zeit nach 1918 geprägt, aber bei ihm lautet es so: Sie waren vor dem Krieg „unbeirrte Wolkenkuckucksheimer, die in Münchener und Pariser Ateliers hausten, malten, dichteten und philosophierten. Jetzt haben sie sich ‚umstellen' müssen, wie das schöne Wort lautet." Nicht allen gelingt es. Sie haben kein Geld mehr (mit wenigen Ausnahmen), sie müssen arbeiten, und auch die Frauen stellen sich um, müssen und wollen „von heute" sein.

Und so sind Hessels Charaktere sehr gegenwärtige Menschen, in denen antike Gestalten durchscheinen. Wendelin von Domrau, der adlige Jüngling, der aus der romantischen Epoche übriggeblieben zu sein scheint, ist ein Narziß und Nichtsnutz, ein Luxusgeschöpf und ein Götterliebling. Aber auch Cherubino wird das „unbestimmte, ziellose Geschöpf" genannt, das in unschuldiger Flatterhaftigkeit alle Frauen liebt, von jeder hingerissen ist und es niemals ernst meint. Karola Kestner ist wie eine antike Meeresgöttin, die einen Jüngling rauben will, für den das aber nur Unheil bedeuten würde, Clemens Kestner, ihr Mann, ein Professor der Philologie und Kenner der Antike, ist Sokrates und Zeus in einem. Aber man darf die Analogien nicht zu strikt nehmen, so wie man *Heimliches Berlin* nicht allzusehr als Schlüsselroman lesen sollte, was er aber durchaus ist. Denn was ist gewonnen, wenn man weiß, daß Wendelins reales Vorbild Thankmar von Münchhausen hieß?

Franz Hessels Frau Helen Grund, die ebenfalls im Alten Westen aufgewachsen war (aber sie lernten sich erst 1912 in Paris kennen und heirateten alsbald), übersiedelte im April 1925 von Berlin nach Paris. Franz brachte im Juli die beiden Söhne Ulrich und Stefan dorthin. Helen wollte ihrem Geliebten, Franz' Freund Henri-Pierre Roché („Jim"), nahe sein, ihn vielleicht heiraten. Außerdem wollte sie endlich einen nützlichen Beruf ausüben (so wie Karola in diesem Roman), sie tat es als erfolgreiche Modejournalistin für die Frankfurter Zeitung. Hessel, der die Stadt seit 1906 kannte und dort zum Dichter geworden war, fand sein altes Paris nicht wieder, kehrte bald nach Berlin zurück. In Paris aber hatte er den Entwurf zu diesem Heimatroman geschrieben, der dann 1927 bei Rowohlt in Berlin erschien. Der Text behandelt also seine unmittelbare Familiensituation, in der sich seine Frau und seine Kinder von ihm entfernten. Aber im Roman wird das Gegenteil beschworen: Die lebenssüchtige Karola, die schon mehrere Aufbrüche hinter sich hat (wie Helen auch, in deren Leben es ebenfalls manchen Cherubino gegeben hatte), bleibt letztlich bei Kestner, läßt das Abenteuer Traum bleiben. Hessel erfand hier eine neue Persönlichkeit für seine umtriebige Helen.

Von sich selbst schuf er auch eine traumhafte Idealgestalt, eben jenen Clemens Kestner, einen Gelehrten und Weisen, keineswegs einen Patriarchen, so diskret, daß ihn die Untermieter in seiner riesigen Wohnung für einen weiteren Mieter halten, ein Verzichtler der Liebe („Jules"), ein Pädagoge, der sehr wohl seine Interessen zu wahren weiß. So besiegt er Wendelin, der ihm seine Frau wegnehmen will (Raub sei die ursprüngliche Form der Ehe, heißt es einmal), indem er ihm in langen pseudoplatonischen Dialogen das Gift der Resignation einträufelt, des Nichtbesitzens. Denn er sagt: „Ich habe die gramvolle Hoffnung, sie nicht zu verlieren." Und Wendelin ist kein Raubritter, kein Mann der Tat, ein Spielzeug eher für Karola wie für Kestner.

Vielleicht war der kleine Roman in Wahrheit ein langer Brief an Helen, eine poetische Liebeserklärung, die Erklärung von Hessels Art zu lieben: „Das Absichtliche war nie meine starke Seite. Ich liebe euch wohl alle nur anders als ihr einander." Und wenn Kestner sich fragt: „Ob sie wohl je den Tröster findet, der ihr den Tod oder das Leben schenkt?" – denkt man natürlich an Helen Hessels Liebschaft mit Roché, die reichlich illusorisch war und auch böse endete. Die Beschreibung von Karola erinnert stark an Bilder von Helen Hessel zu jener Zeit: Der „seltsame Zusammenklang von dunkelblonder Haut und mattblondem Haar, [der] großaushaltende Blick der Augen, [...] die milde und trotzige Wucht der geraden und wunderbar abgerundeten Nase mit den kleinen Nüstern".

Man sollte aber nicht übersehen, daß es in *Heimliches Berlin* auch ganz andere Töne gibt, viel näher an der Tragödie: „Wenn ich sie so lieben könnte, wie sie es verlangt, dann müßte ich sie wohl töten", sagt Kestner, der sich schon ausgemalt hat, mit Karola gemeinsam durch den Gashahn im Plättzimmer einen süßen Tod zu erleiden. Sein Verzicht („mir genügen Schaufenster, Auslagen") ist also Resultat einer Selbsterziehung, die er an Wendelin weitergeben will, wenn auch nicht uneigennützig. Wendelins Beruf sei, schön zu sein, er solle die Menschen beglücken, er ist ihnen ein erlesenes Fest – oder er ist gar nichts. Er soll Besitzlosigkeit lernen, sich nicht zu Besitz verführen lassen (durch Karola), denn „Besitz beraubt". Die Frage ist allerdings, warum er selbst denn überhaupt geheiratet hat bei seiner Einstellung, und in der Tat wird ein alter Bekannter zitiert, der ihm dies niemals zugetraut hätte.

Und so wird die vermiedene Tragödie zur Komödienhandlung mit umgekehrtem Ausgang: Der „Alte" siegt über den jungen Liebhaber. Wir erleben ein antibiographisches Erzählen, eine Traumverwandlung des Erlebten, höhere Ironie und poetische Gerechtigkeit. Wobei die Verzichtsmaxime „Genieße froh, was du nicht hast" nicht nur stoische Weisheit ist, sondern auch Taktik.

„Er liebt mich am meisten, wenn ich nicht da bin", wirft Karola, die sich nach Leidenschaft sehnt („eigentlich will ich wohl ins Paradies"), ihrem Mann vor. „Er braucht ja keines Menschen Gegenwart." Aber das stimmt nicht. Clemens liebt nur die Götter und deren Widerschein in den Menschen und ist dabei selber eine Art Gott. Er ist eine Art Seelendirigent, der eine milde Herrschaft ausübt, ein Fadenzieher im Schattenreich seiner Figuren, in einer komplexen und durchaus zeitgemäßen Szenerie (Inflationsgewinnler, Kunsthändler, verarmter Adel, Nachtclubsängerinnen, Sekretärinnen). Er scheint alle Fäden zu ziehen, und jemand sagt zu ihm, daß alles nur zu seiner Unterhaltung geschehe.

Die Romantikerin Karola ist enttäuscht, daß die Menschen, die sich berufsmäßig mit dem Phantastischen beschäftigen (wie Clemens), alle so ordentlich seien, Abenteurer seien nur die anderen, die Fabrikanten, die schönen Frauen, die Werdenden. Ein Hauch von Abenteuerlust liegt über dem Roman, doch wenn auch unentwegt vom Süden, von Paris, von der Ferne geredet wird, so geschehen die Abenteuer allesamt in Berlin, das eine aufregende Stadt ist.

Die Moral von Hessel-Kestner liegt darin, den Melodramen und Tragödien die Schärfe zu nehmen, das Grausame zu vermeiden, „aus den Katastrophen von Lust, Genuß und Schwäche eine erfreuliche Kette kindlicher Spiele zu machen". Und man könnte eine ganze Abhandlung schreiben über die Rolle der Kindlichkeit in dieser Erzählung – als Suche nach einer zweiten Unschuld. Übrigens ist dieser Roman vollkommen moralfrei, sowohl was das Familienleben angeht wie die Sexualmoral, was einigen damaligen Kritikern perverser vorkam als offen sexuelle Episoden. (Dergleichen wird nur elegant angedeutet.) Kestners eigentliche Lektion lautet, daß die Liebe ein Dämon ist und kein Gott.

Ach, das ist alles schon zuviel der Deutung (aus der Lust am Text geboren). Es zählt doch nur diese duftende Köstlichkeit aus appetitlichen Wörtern. Sollten wir Heutigen nicht auf Hessel anwenden, was er gleich zu Anfang von seinem Jüngling Wendelin sagen läßt: „Erst als er fortging, erregte er bei einigen ein schwer zu erklärendes Abschiedsweh. Bei denen ändert sich jetzt Miene und Tonfall, wenn sie von ihm sprechen". Wir sollten anders von Hessel sprechen; unsere Mienen und unser Tonfall sollten sich aufhellen. Nicht über den Verlorenen sollten wir reden, sondern über den fortwirkenden Botschafter des Glücks.

MANFRED FLÜGGE lebt als freier Autor in Berlin und verfaßte Biographien von Heinrich Mann, Marta Feuchtwanger und anderen Emigranten. 1993 erschien von ihm *Gesprungene Liebe. Die wahre Geschichte zu Jules und Jim* und 2012 *Stéphane Hessel – ein glücklicher Rebell*. Außerdem schrieb er Romane, Theaterstücke und Kindergeschichten.

Der Einband dieser Ausgabe wurde unter Verwendung eines Gemäldes von PETER K. KIRCHHOF gestaltet. Der 1944 in Bremen geborene Maler und Grafiker studierte an der Staatlichen Kunstschule Bremen (heute Hochschule für Künste Bremen), wurde mit zahlreichen Preisen und Stipendien geehrt und war u. a. seit 1980 Redakteur bei der Literaturzeitschrift *die horen*. Er lebt und arbeitet in Düsseldorf.

www.peter-k-kirchhof.de

Ein Stück Himmel, 2003, Öl auf Leinwand, 120 × 130 cm

Die Reihe *Lilienfeldiana*

präsentiert seltene literarische Entdeckungen in besonders schöner Ausstattung – Fadenheftung, Halbleinen und eine Einbandgestaltung in Zusammenarbeit mit zeitgenössischen Künstlern.

LILIENFELDIANA BAND 1

Ein faszinierend moderner Roman von 1904 über ein Schriftstellerleben. Voll bitterer Komik und Lebenskenntnis.

KNUD HJORTØ

STAUB UND STERNE

Roman

Aus dem Dänischen von Hermann Kiy
Mit einem Nachwort von Esther Kielberg
und einer Anmerkung zum Übersetzer
von Hanns Grössel
240 Seiten
(D) € 18,90, (A) € 19,40, sFr 24,50 (UVP)
ISBN: 978-3-940357-01-4

LILIENFELDIANA BAND 2

Eine schöne, selbstbewußte Norwegerin zwischen zwei Männern, zwei Ländern und zwei Lebensentwürfen. Ein besonderer Emanzipationsroman von 1893.

HJALMAR HJORTH BOYESEN

SELBSTBESTIMMUNG

Roman

Aus dem amerikanischen Englisch
von Mathilde Mann
Mit einem Nachwort von Marc L. Ratner
192 Seiten
(D) € 18,90, (A) € 19,40, sFr 24,50 (UVP)
ISBN 978-3-940357-05-2

LILIENFELDIANA BAND 3

Sommer auf einem märkischen Landgut, Jugendlieben, Hoffnungen und die Verwandlungen durch die Zeit: Herbert Schlüters einfühlsam-sinnlicher Roman über die Verluste beim Erwachsenwerden.

HERBERT SCHLÜTER

NACH FÜNF JAHREN

Roman

Mit einer Nachbemerkung zum Autor
192 Seiten
(D) € 19,90, (A) € 20,50, sFr 25,90 (UVP)
ISBN 978-3-940357-06-9

LILIENFELDIANA BAND 5

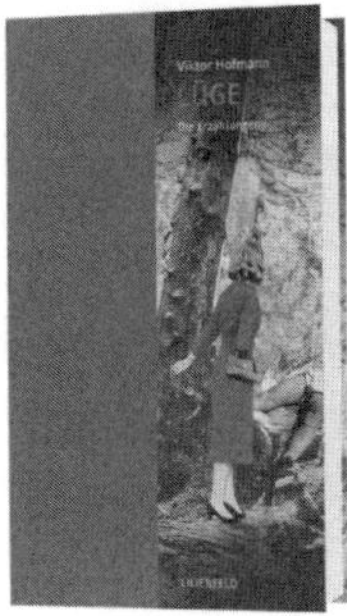

Begierde, Liebe, Enttäuschung – in einem Reigen aus Psychologie und Erotik führen die Erzählungen Viktor Hofmanns in die Epoche der russischen Décadence.

VIKTOR HOFMANN

LÜGE

Die Erzählungen

Aus dem Russischen und mit einem Nachwort von Alexander Nitzberg
216 Seiten
(D) € 19,90, (A) € 20,50, sFr 25,90 (UVP)
ISBN 978-3-940357-10-6

LILIENFELDIANA BAND 6

Wunderbar böse, bitter wahrhaftig, operettenhaft lustig und glänzend erzählt: In seinem opulenten Roman schildert Hans Adler auf durchdringend ironische Weise die Menschliche Komödie einer kleinen Stadt im alten Österreich.

HANS ADLER

DAS STÄDTCHEN

Roman

Mit einem Nachwort von Werner Wintersteiner
336 Seiten
(D) € 21,90, (A) € 22,50, sFr 28,00 (UVP)
ISBN 978-3-940357-13-7

LILIENFELDIANA BAND 8

Rote Haare, Geschwister und Anwandlungen: 1937 erschienen Norah Langes „Kindheitshefte" über ein außergewöhnliches Mädchen zum ersten Mal. Nun gibt es diesen Klassiker aus Argentinien auch auf deutsch.

NORAH LANGE

KINDHEITSHEFTE

Aus dem argentinischen Spanisch und mit einer Einführung zur Autorin von Inka Marter sowie einem Nachwort von María Cecilia Barbetta
240 Seiten
(D) € 19,90, (A) € 20,50, sFr 25,90 (UVP)
ISBN 978-3-940357-19-9

LILIENFELDIANA BAND 9

Lästige Freundinnen, gefühlsübermannte Beamte, die Rettung von Witwenrenten und vergebliche Sehnsucht: Auch in seinen Erzählungen erweist sich Hans Adler als ein spezieller Meister humaner Melancholie und scharfzüngiger Satire.

HANS ADLER

DAS IDEAL

Erzählungen

Ausgewählt und mit einem Nachwort von Werner Wintersteiner
192 Seiten
(D) € 19,90, (A) € 20,50, sFr 25,90 (UVP)
ISBN 978-3-940357-18-2

LILIENFELDIANA BAND 11

24 Erzählungen, davon 16 bisher unübersetzt, zeigen erneut Emmanuel Boves berühmte Beobachtungsgabe.

EMMANUEL BOVE

BEGEGNUNG

und andere Erzählungen

Aus dem Französischen und mit einem Nachwort von Thomas Laux
448 Seiten
(D) € 24,90, (A) € 25,60, sFr 32,00 (UVP)
ISBN 978-3-940357-22-9

LILIENFELDIANA BAND 15

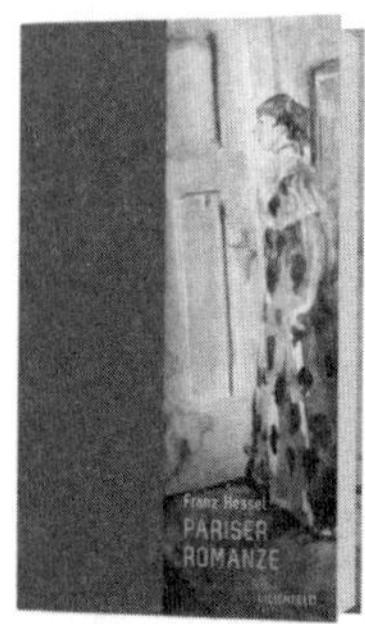

Ein letzter Frühling in Paris: Franz Hessel setzt der Boheme von 1914 ein liebevoll-wehmütiges Denkmal.

FRANZ HESSEL

PARISER ROMANZE

Papiere eines Verschollenen

Mit einem Nachwort von Manfred Flügge
144 Seiten
(D) € 18,90, (A) € 19,40, sFr 24,50 (UVP)
ISBN 978-3-940357-28-1

LILIENFELDIANA BAND 20

Ein Neuanfang in Kanada mit dem Krieg im Gepäck. Die Liebe zu einer Frau, deren Stimme zum Schlüssel für eine fremde Kultur wird. Walter Bauers einnehmende Novelle ist Liebesgeschichte, Migrationserzählung und politisches Testament.

WALTER BAUER

DIE STIMME
Geschichte einer Liebe

Mit einem Nachwort von Jürgen Jankofsky
128 Seiten
(D) € 18,90, (A) € 19,40, sFr 24,50 (UVP)
ISBN 978-3-940357-43-4

LILIENFELDIANA BAND 21

Mit diesem ersten Buch auf deutsch endlich zu entdecken: Frans Kellendonk – der früh verstorbene moderne Klassiker der Niederlande.

FRANS KELLENDONK

BUCHSTABE UND GEIST
Eine Spukgeschichte

Aus dem Niederländischen und mit einem Nachwort von Rainer Kersten
176 Seiten
(D) € 19,90, (A) € 20,50, sFr 25,90 (UVP)
ISBN 978-3-940357-53-3

LILIENFELDIANA BAND 22

Die tropische Welt Javas, die Zerrissenheit des Koloniallebens, die Geschichte einer Kinderfreundschaft: Mit diesem großen kleinen Debütroman errang die junge Hella Haasse 1948 ihren unumstößlichen Platz in der niederländischen Literaturgeschichte.

HELLA S. HAASSE

DER SCHWARZE SEE
Roman

Aus dem Niederländischen und mit einem Nachwort von Gregor Seferens
144 Seiten
(D) € 18,90, (A) € 19,40, sFr 24,50 (UVP)
ISBN 978-3-940357-57-1

3. Auflage 2017

Gestaltung und Satz: www.jan-frerichs.com
Einbandgestaltung unter Verwendung eines Gemäldes
von Peter K. Kirchhof, © VG Bild-Kunst, Bonn 2017
Fotografie Franz Hessel: © Sammlung Flügge
Druck und Bindung: CPI Moravia Books
ISBN 978-3-940357-23-6

www.lilienfeld-verlag.de